# 秋室杂忆

梁实秋 著

中国工人出版社

# 秋室杂忆

武昌起义，鼙鼓之声动地而来……父亲做了一件大事，全家剪小辫子。……我们对于这污脏、麻烦的辫子本来就十分厌恶，巴不得把它齐根剪去，但是在发动并州快剪之际，我们的二舅爹爹还忍不住泫然流涕。

“五四”往好处一变而为新文化运动，往坏处一变而为闹风潮。年轻的学生经此刺激、震动而突然觉醒了……在这以前，学生们都是听话的乖孩子，对权威表示服从，对教师表示尊敬……“五四”以后情形完全不同了。

# 序

写传记，须是可传之人；写回忆，应有可忆之事。但是人总不容易忘我，过去种种时常在心中涌现，明知自己不是什么可传之人，明知自己没有多少可忆之事，还不免浪费笔墨，把过去的一些琐碎经历形诸篇章。与其说是供人阅读，不如说是自爱毛羽，类山鸡之对圆镜。我便是这样的一个。自传与回忆录的写作，我未敢尝试，有时办刊物的朋友们征稿于我，愧无以应，便回忆既往，搜索一些小事敷演成篇。其中没有系统，没有章法，只是想到就写，信笔乱涂，故名之曰“杂忆”。刘绍唐先生对于我的文字似有偏爱，除了经常挤我写稿刊在《传记文学》之外，现在有《文史新刊》问世，又要我汇集散稿成册，参列其间。盛意不可拂也。

一九六九年十月二十三日

梁实秋编后记

# 目　录

# 我在小学

我在六七岁的时候开始描红模子，念字号儿。所谓“红模子”就是红色的单张字帖，小孩子用毛笔蘸墨把红字涂黑即可。帖上的字不外是“上大人孔乙己化三千……”，“一去二三里烟村四五家……”，以及“王子去求仙丹成上九天……”之类。描红模子很容易描成墨猪，要练得一笔下去就横平竖直才算得功夫。所谓“字号儿”就是小方纸片，我父亲在每张纸片上写一个字，每天要我认几个字，逐日复习。后来书局印售成盒“看图识字”，一面是字，一面是画，就更有趣了，我们弟兄姊妹一大群，围坐在一张炕上的矮桌周边写字认字，有说有笑。有一次我一拱腿，把炕桌翻到地上去。母亲经常坐在炕沿上，一面做活计，一面看着我们，身边少不了一把炕笤帚，那笤帚若是倒握着在小小的脑袋上敲一击是很痛的。在那时体罚是最简截了当的教学法。

不久，我们住的内政部街西口内路北开了一个学堂，离我家只有四五个门。校门横楣有砖刻的五个福字，故称之为五福门。后院有一棵合欢树，俗称马缨花，落花满地，孩子们抢着拾起来玩，每天早晨谁先到校谁就可以捡到最好的花。我有早起的习惯，所以我总是拾得最多。有一天我一觉醒来，窗棂上有一格已经有了阳光，急得直哭，母亲匆忙给我梳小辫，打发我上学，不大功夫我就回转了，学堂尚未开门。在这学堂我学得了什么已不记得，只记得开学那一天，学生们都穿戴一色的缨帽、呢靴站在院里，只见穿戴整齐的翎顶袍褂的提调学监们摇摇摆摆的走到前面，对着至圣先师孔子的牌位领导全体行三跪九叩礼。

在这个学堂里浑浑噩噩的过了一阵。不知怎么，这学校关门大吉。于是家里请了一位教师，贾文斌先生，字宪章，密云县人，口音有一点怯，是一名拔贡。我的二姊、大哥和我三个人在西院书房受教于这位老师。所用课本已经是新编的国文教科书，从“人、手、足、刀、尺”起，到“一人二手，开门见山”，以至于“司马光幼时……”。《三字经》《百家姓》《千字文》这一段就没有经历过。贾老师的教学法是传统的“念背打”三部曲，但是第三部“打”从未实行过。不过有一次我们惹得他生了大气，那是我背书时背不出来，二姊偷偷举起书本给我看，老师本来是背对着我们的，陡然回头撞见，气得满面通红，但是没有动用桌上放着的精工雕刻的一把戒尺。还有一次也是二姊惹出来的，书房有一座大钟，每天下午钟鸣四下就放学，我们时常暗自把时针向前拨快十来分钟。老师渐渐觉得座钟不大可靠，便利用太阳光照在窗纸上的阴影用朱笔划一道线，阴影没移到线上是不放学的。日久季节变幻阴影的位置也跟着移动，朱笔线也就一条条的加多。二姊想到了一个方法，趁老师不在屋里替他加上一条线，果然我们提早放学了，试行几次之后又被老师发现，我们都受了一顿训斥。

民国前二年，我和大哥进了大鹁鸽市的陶氏学堂。陶是陶端方，在当时是满清政府里的一位比较有知识的人，对于金石颇有研究，而且收藏甚富，历任要职，声势煊赫，还知道开办洋学堂，很难为他了。学堂之设主要的是为教育他的家族子弟，因为他家人口众多，不过也附带着招收外面的学生，收费甚昂，故有贵族学堂之称。父亲要我们受新式教育，所以不惜学费负担投入当时公认最好的学校，事实上却大失所望。所谓新式的洋学堂，只是徒有其表。我在这学堂读了一年，可以说什么也没有学到，无非是让我认识了一些丑恶腐败的现象。

陶氏学堂是私立贵族学堂，陶氏子弟自成特殊阶级原无足异，但是有些现象却是令人难以置信的。陶氏子弟上课时随身携带老妈子，听讲之间可以唤老妈子外出买来一壶酸梅汤送到桌下慢慢饮用。听先生讲书，随时可以写个纸条，搓成一个纸团，丢到老师讲台上去，代替口头发问，老师不以为忤。陶氏子弟个个恣肆骄纵、横冲直撞，记得其中有一位名陶栻者，尤其飞扬跋扈。他们在课堂内外成群的呼啸出入，动辄动手打人，大家为之侧目。

国文老师是一位南方人，已不记得他的姓名，教我们读《诗经》。他根据他的祖传秘方，教我们读，教我们背诵，就是不讲解，当然，即使讲解也不是儿童所能领略。他领头扯着嗓子喊："击鼓其镗"，我们全班跟着喊"击鼓其镗"，然后我们一句句的循声朗诵"踊跃用兵，土国城漕，我独南行"。他老先生喉咙哑了，便唤一位班长之类的学生代他吼叫。一首诗朗诵过几十遍，深深的记入在我们的脑子里，迄今有些首诗我能记得清清楚楚。脑子里记若干首诗当然是好事，但是付了多大的代价！一部分童时宝贵的光阴是这样耗去的！

有趣的是体操一课。所谓体操，就是兵操。夏季制服是白帆布制的，草帽、白线袜、黑皂鞋，裤腿旁边各有一条红带，衣服上有黄铜纽扣。辫子则需盘起来扣在草帽底下。我的父母瞒着祖父母给我们做了制服，因为祖父母的见解是属于更老一代的，他们无法理解在家里没有丧事的时候孩子们可以穿白衣白裤。因此我们受到严重警告，穿好操衣之后要罩上一件竹布大褂，白色裤脚管要高高的卷起来，才可以从屋里走到院里，下学回家时依然要偷偷摸摸溜到屋里赶快换装。在民元以前，我平时没有穿过白布衣裤。

武昌起义，鼙鼓之声动地而来，随后端方遇害，陶氏学堂当然立即瓦解，陶氏子弟之在课堂内喝酸梅汤的那几位，以后也不知下落如何了。这时节，祖父母相继逝世，父亲做了一件大事，全家剪小辫子。在剪辫子那一天，父亲对我们讲了一大套话，平素看的《大义觉迷录》《扬州十日记》供给他不少愤慨的资料，我们对于这污脏、麻烦的辫子本来就十分厌恶，巴不得把它齐根剪去，但是在发动并州快剪之际，我们的二舅爹爹还忍不住泫然流涕。民国成立，薄海腾欢，第一任正式大总统项城袁世凯先生不愿到南京去就职，嗾使第三镇曹锟驻禄米仓部队于阴历正月十二日夜晚兵变，大烧大抢，平津人民遭殃者不计其数。我亦躬逢其盛。兵变过后很久，家里情形逐渐稳定，我才有机会进入公立第三小学。

公立第三小学在东城根新鲜胡同，是当时办理比较良好的学校，离我家又近，所以父亲决定要我和大哥投入该校。校长赫杏村先生，旗人，精明强干，声若洪钟。我和大哥都编入高小一年级。主任教师是周士棻先生，号香如，山西人，年纪不大，约三十几岁，但是蓄了小胡子，道貌岸然。周先生是我真正的启蒙业师。他教我们国文、历史、地理、习字。他的教学方法非常认真负责。在史地方面，于课本之外另编补充教材，每次上课之前密密杂杂的写满了两块大黑板，要我们抄写，月终呈交核阅。例如历史一科，鸿门之宴、垓下之围、淝水之战、安史之乱、黄袍加身、明末三案，诸如此类的史料都有比较详细的补充。材料很平常，可是他肯费心讲授，而且不占用上课时间去写黑板。对于习字一项，他特别注意。他用黑板槽里积存的粉笔屑，和水作泥，用笔蘸着写字，在黑板上作为示范，灰泥干了之后显着特别的黑白分明，而且粗细停匀，笔意毕现。周老师的字属于柳公权一派，瘦劲方正。他要我们写得横平竖直，规规矩矩。同时他也没有忽略行草的书法，我们每人都备有一本草书《千字文》拓本，与楷书对照。我从此学得初步的草书写法，其中一部分终身未曾忘。大字之外还要写“白折子”，折子里面夹上一张乌丝格，作为练习小楷之用。他知道我们小学毕业之后能升学的不多，所以在此三年之内基础必须打好，而习字是基本技能之一。

周老师也还负起训育的责任，那时候训育叫做修身。我记得他特别注意生活上的小节，例如纽扣是否扣好，头发是否梳齐，以及说话的腔调、走路的姿势，无一不加指点。他要求于我们的很多，谁的笔记本子折角、卷角就要受申斥。我的课业本子永远不敢不保持整洁。老师本人即是一个榜样。他布衣布履，纤尘不染，走起路来目不斜视，迈大步昂首前进，几乎两步一丈。讲起话来和颜悦色，但是永无戏言。在我们心目中他几乎是一个完人。我父亲很敬重周老师的为人，在我们毕业之后，特别请他到家里为我的弟弟妹妹补课多年，后来还请他租用我们的邻院做我们的邻居。我的弟弟妹妹都受业于周老师，至少我们写的字都像是周老师的笔法。

小学有英文一课，事实上我未进小学之前就已开始从父亲学习英文了。我父亲是同文馆第一期学生，所以懂些英文，庚子年乱起辍学的。小学的英文老师是王德先生，字仰臣。我们用的课本是“华英初阶”，教授的方法是由拼音开始，ba、be、bi、bo、bu，然后就是死背字句。记得第三课就有一句：“Is he of us?”（“彼乃我辈中人否?”）这一句我背得滚瓜烂熟。老师一提“Is he of us?”我马上就回答出“彼乃我辈中人否?”老师大为惊异，其实我在家里早已学过了。这样教学的方法使初学英文的人费时很多，但未养成初步的语言习惯，实在是精力的浪费。后来老师换了一位程朴洵先生，是一位日本留学生，有时穿着半身西装，英语发音也比较流利正确一些。我因为预先学过一些英文，所以在班上特感轻松，老师也特别嘉勉。临毕业时，程老师送我一本原版的马考莱《英国史》。这本书当时还不能看懂，后来却也变成对我有用的一本参考书。

体操老师锡福先生，字辅臣，旗人。他有一副苍老而沙哑的喉咙，喊起立正、稍息、枪上肩、枪放下的时候很是威风。排起队来我是末尾，排头的一位有我两个高。老师特别喜欢我们这一班，因为我们平常把枪擦得亮，服装整齐一些，而且开正步的时候特别用力踏地作响，给老师作面子。学校在新鲜胡同东口路南，操场在西口路北，我们排队到操场去的时候精神抖擞，有时遇到操场上还有别班同学上操未散，我们便更着力操演，逼得其他各班只有木然呆立、瞠目赞叹的份儿。半小时操后，时常是踢足球。操场不画线，竖起竹竿便是球门，一半人臂缠红布，笛声一响便踢起球来，高头大马横冲直撞，像我这样的只能退避三舍以免受伤。结果是鸣笛收队皆大欢喜。

我的算术，像"鸡兔同笼"一类的题目，我认为是专门用来折磨孩子的，因为我当时想鸡兔是不会同笼的，即使同笼亦无需又数头又数脚，一眼看上去就会知道是几只鸡几只兔。现在我当然明白，是我自己笨，怨不得谁。手工课也不容易应付，不是抟泥，就是削竹，最可怕的是编纸，用修脚刀把彩色纸划出线条，然后再用别种彩色纸条编织上去，真需要鬼斧神工。在这方面常常由我的大姊帮忙。教手工的老师患严重口吃，结结巴巴的惹人笑。教理化的李秉衡老师，保定府人，曾经表演氢二氧一变成水，水没有变出来，玻璃瓶炸得粉碎，但是有一次却变成功了。有一次表演冷缩热胀，一支烧得滚烫的铜珠，被一位多事的同学伸手抓了起来，烫得满手掌溜浆大泡。教唱歌的是一位时老师，他没有歌喉，但是会按风琴，他教我们唱的《春之花》我至今不能忘。

有一次远足是三年中一件大事。事先筹划了很久，决定目的地为东直门外的自来水厂。这一天特别起了个大早，晨曦未上就赶到了学校。大家啜柳叶汤果腹，柳叶汤就是细长菱形薄面片加菜煮成的一种平民食品，但这是学校里难得一遇的旷典，免费供应，大家都很高兴，有人连罄数碗。不知是谁出的主意，向步军统领衙门借了六位喇叭手，改着我们学校的制服，排在我们队伍前面开道，六只亮晶晶的喇叭上挂着红绸彩，嘀嘀打打的吹起来，招摇过市，好不威风！由新鲜胡同走到东直门外，约有四五里之遥，往返将近十里。自来水厂没有什么可看的，虽然那庞大的水池、水塔以前都没有见过。这是我第一次徒步走出北京城墙，有久困出柙之感。午间归来，两腿清酸。下次作文的题目是《远足记》，文章交卷，此一盛举才算是功德圆满。

我们一班二十几个人，如今音容笑貌尚存脑海者不及半数，姓名未忘者更是寥寥可数了。年龄最大、身体最高的是一位名叫连祥的同学，约在二十开外，浓眉大眼，膀大腰圆，吹喇叭、踢足球都是好手，脑袋后面留着一根三寸多长的小辫，用红绳扎紧，挺然翘然的立在后脑勺子上，像是一根小红萝卜。听说他以后当步兵去了。一位功课好而态度又最安详的是常禧，后来冠姓栾，他是我们的班长，周老师很器重他。后来听周老师说他在江西某处任商务印书馆分馆经理。还有岳廉识君，后来进了交通部。我们同学绝大部分都是贫寒子弟，毕业之后各自东西，以我所知道的，有人投军，有人担筐卖杏，能升学的极少。我们在校的时候都相处得很好，有两种风气使我感到困惑。一个是喜欢打斗，动辄挥拳使绊，闹得桌翻椅倒。有一位同学长相不讨人喜欢，满脸疙瘩噜苏，绰号“小炸丸子”。他经常是几个好闹事的同学们欺弄的对象，有多少次被抬到讲台桌上，手脚被人按住，有人扯下他的裤子，大家轮流在他的裤裆里吐一口痰！还有一位同学名叫马玉岐，因为宗教的关系，饮食习惯与别人不同。几个不讲理的同学便使用武力，强迫他吃下他们不吃的东西，经常要酿出事端。在这样尚武的环境之中我小心翼翼，有时还不能免于受人欺凌。自卫的能力之养成，无论是斗智还是斗力，都需要实际体验。我相信我们的小学是很好的训练场所。另一件使我困惑的事是大家之口出秽言的习惯。有些人各自秉承家教，不只是“三字经”常挂在嘴边，高谈阔论起来，其内容往往涉及“素女经”，而且有几位特别大胆的还不惜把他在家中所见所闻的实例不厌其详的描写出来。讲的人眉飞色舞，听的人津津有味。学校好几百人共用一个厕所，其环境之脏可想，但是有些同学们入厕之后其嘴巴比那环境还脏。所以我视如厕为畏途。性教育在一群孩子们中间自由传播，这种情形当时在公立小学为尤甚，我是深深拜受其赐了。

我在第三小学读了三年，每天早晨和我哥哥步行到校，无间风雪。天气不好的时候要穿家中自制的带钉的油鞋，手中举着雨伞，途中经常要遇到一只恶犬，多少要受到骚扰，最好的时候是适值它在安睡，我们就悄悄的溜过去了。那时我不明白为什么有人要养狗并且纵容它与人为难。内政部门口站岗的巡捕半醒半睡的拄着上刺刀的步枪靠在墙垛上，时常对我们颔首微笑，我们觉得受宠若惊，久之也搭讪着说两句话。出内政部街东口往北转，进入南小街子，无分晴雨，永远有泥泞车辙，其深常在尺许。街边有羊肉床子，时常遇到宰羊，我们就驻足而视，看着绵羊一声不响在引颈就戮。

羊肉包子的味道热腾腾的四溢。卖螺丝转儿油鬼的，卖甜浆粥的，卖烤白薯的，卖糖耳朵的，一路上左右皆是。再向东一转就进入新鲜胡同了，一眼可以望得见城墙根，常常看见有人提笼架鸟从那边蹓跶着过来。这一段路给我的印象很深，二十多年后我再经过这条街则已变为坦平大道面目全非，但是我还是怀念那久已不复存在的湫隘的陋巷。我是在这些陋巷中生长大的，这是我的故乡。

民国四年我毕业的时候，主管教育的京师学务局（局长为德彦）令饬举行会考，把所有各小学应届毕业的学生三数百人聚集在我们第三小学，考国文、习字、图画数科，名之曰“观摩会”。事关学校荣誉，大家都兴奋。国文试题记得是《诸生试各言尔志》。事有凑巧，这个题目我们以前作过，而且以前作的时候，好多同学都是说将来要“效命疆场，马革裹尸”。我其实并无意步武马援，但是我也摭拾了这两句豪语。事后听主考的人说：第三小学的一班学生有一半要“马革裹尸”，是佳话还是笑谈也就很难分辨了。我在打草稿的时候，一时兴起，使出了周老师所传授的草书《千字文》的笔法，写得虽然说不上龙飞蛇舞，却也自觉得应手得心。正赶上局长大人亲自监考经过我的桌旁，看见我写的好大个的草书，留下了特别的印象。图画考的是自由画。我们一班最近画过一张松鹤图，记忆犹新，大家不约而同的都依样葫芦，斜着一根松枝，上面立着一只振翅欲飞的仙鹤，章法不错。我本来喜欢图画，父亲给我的芥子园画谱也发生了作用，我所画的松鹤图总算是尽力为之了，榜发之后，我和哥哥以及栾常禧君都高据榜首，荣誉属于第三小学。我得到的奖品最多，是一张褒奖状，一部成亲王的巾箱帖，一个墨盒，一副笔架以及笔墨之类。

“小时了了，大未必佳”，如今想想这话颇有道理。

# 清华八年

# 一

我自民国四年进清华学校读书，民国十二年毕业，整整八年的功夫在清华园里度过。人的一生没有几个八年，何况是正在宝贵的青春？四十多年前的事，现在回想已经有些模糊，如梦如烟，但是较为突出的印象则尚未磨灭。有人说，人在开始喜欢回忆的时候便是开始老的时候。我现在开始回忆了。

民国四年，我十四岁，在北京新鲜胡同京师公立第三小学毕业，我的父亲接受朋友的劝告，要我投考清华学校。这是一个重大的决定，因为这个学校远在郊外，我是一个古老的家庭中长大的孩子，从来没有独自在街头闯荡过，这时候要捆起铺盖到一个陌生的地方去住，不是一件平常的事，而且在这个学校经过八年之后，便要漂洋过海离乡背井到新大陆去负笈求学，更是难以设想的事。所以父亲这一决定下来，母亲急得直哭。

清华学校在那时候尚不大引人注意。学校的创立乃是由于民国纪元前四年，美国老罗斯福总统决定退还庚子赔款半数，指定用于教育用途，意思是好的，但是带着深刻的国耻的意味。所以这学校的学制特殊，事实上是留美预备学校，不由教育部管理，校长由外交部派。每年招考学生的名额，按照各省分担的庚子赔款的比例分配。我原籍浙江杭县，本应到杭州去应试，往返太费事，而且我家寄居北京很久，也可算是北京的人家，为了取得法定的根据起见，我父亲特赴京兆大兴县署办理入籍手续，得到准许备案，我才到天津（当时直隶省会）省长公署报名。我的籍贯从此确定为京兆大兴县，即北京。北京东城属大兴，西城属宛平。

那一年直隶省分配名额为五名，报名应试的大概是三十几个人，初试结果取十名，复试再遴选五名。复试由省长朱家宝亲自主持。此公夙来喜欢事必躬亲，不愿假手他人，居恒有一颗闲章，文曰：“官要自作”。我获得初试入选的通知以后就到天津去谒见省长。十四岁的孩子几曾到过官署？大门口的站班的衙役一声吆喝，吓我一大跳，只见门内左右站着几个穿宽袍大褂的衙役垂手肃立。我逡巡走近二门，又是一声吆喝，然后进入大厅。十个孩子都到齐，有人出来点名。静静的等了一刻钟，一位面团团的老者微笑着踱了出来，从容不迫的抽起水烟袋，逐个的盘问我们几句话，无非是姓甚、名谁、几岁、什么属性之类的淡话。然后我们围桌而坐，各有毛笔、纸张放在面前，写一篇作文，题目是《孝悌为人之本》。这个题目我好像从前作过，于是不假思索援笔立就，总之是一些陈词滥调。

过后不久榜发，榜上有名的除我之外有吴卓、安绍芸、梅贻宝及一位未及入学即行病逝的应某。考取学校总是幸运的事，虽然那时候我自己以及一般人并不怎样珍视这样的一个机会。

就是这样我和清华结下了八年的缘分。

## 二

八月末，北京已是初秋天气，我带着铺盖到清华去报到，出家门时母亲直哭，我心里也很难过。我以后读英诗人 Cowper 的传记时之特别同情他，即是因为我自己深切体验到一个幼小的心灵在离开父母出外读书时的那种滋味——说是“第二次断奶”实在不为过。第一次断奶固然苦痛，但那是在孩提时代，尚不懂事，没有人能回忆自己断奶时的懊恼，第二次断奶就不然了，从父母身边把自己扯开，在心里需要一点气力，而且少不了一阵辛酸。

清华园在北京西郊外的海甸的西北。出西直门走上一条漫长的马路，沿途有几处步兵统领衙门的“堆子”，清道夫一铲一铲的在道上洒黄土，一勺一勺的在道上泼清水，路的两旁是铺石的路，专给套马的大敞车走的。最不能忘的是路边的官柳，是真正的垂杨柳，好几丈高的丫杈古木，在春天一片鹅黄，真是柳眼挑金。更动人的时节是在秋后，柳丝飘拂到人的脸上，一阵阵的蝉噪，夕阳古道，情景幽绝。我初上这条大道，离开温暖的家，走向一个新的环境，心里不知是什么滋味。

海甸是一小乡镇，过仁和酒店微闻酒香，那一家的茵陈酒“莲花白”是有名的，再过去不远有一个小石桥，左转趋颐和园，右转经圆明园遗址，再过去就是清华园了。清华园原是清室某亲贵的花园，大门上“清华园”三字是大学士那桐题的，门并不大，有两扇铁栅，门内左边有一棵状如华盖的老松，斜倚有态，门前小桥流水，桥头上经常系着几匹小毛驴。

园里谈不到什么景致，不过非常整洁，绿草如茵，校舍十分简朴，但是一尘不染。原来的一点点中国式的园林点缀保存在“工字厅”、“古月堂”，尤其是工字厅后面的荷花池。徘徊池畔，有“风来荷气，人在木阴”之致。塘坳有亭翼然，旁有巨钟为报时之用。池畔松柏参天，厅后匾额上的“水木清华”四字确是当之无愧。又有长联一副：“槛外山光，历春夏秋冬，万千变幻，都非凡境。窗中云影，任东西南北，去来澹荡，洵是仙居。”（祁嶲藻书）我在这个地方不知道消磨了多少黄昏。

西园榛莽未除，一片芦蒿，但是登土山西望，圆明园的断垣残石历历可见，俯仰苍茫，别饶野趣。我记得有一次郁达夫特来访问，央我陪他到圆明园去凭吊遗迹，除了那一堆石头，什么也看不见了，所谓“万园之园”的四十美景只好参考后人画图于想象中得之。

# 三

清华分高等科、中等科两部分。刚入校的便是中等科的一年级生。中等四年，高等四年，毕业后送到美国去，这两部分是隔离的，食、宿、教室均不在一起。

学生们是来自各省的，而且是很平均的代表着各省，因此各省的方言都可以听到。我不相信除了清华之外，有任何一个学校其学生籍贯是如此的复杂。有些从广东、福建来的，方言特殊，起初与外人交谈不无困难，不过年轻的人学语迅速，稍后亦可适应。由于方言不同，同乡的观念容易加强，虽无同乡会的组织，事实上一省的同乡自成一个集团。我是北京人，我说国语，大家都学着说国语，所以我没有方言，因此我也就没有同乡观念。如果我可以算得是北京土著，像我这样的土著，清华一共没有几个（原籍满族的陶世杰、原籍蒙族的杨宗瀚都可以算是真正的北京人）。北京也有北京的土语，但是从这时候起我就和各个不同省籍的同学交往，我只好抛弃了我的土语的成分，养成使用较为普通的国语的习惯。我一向不参加同乡会之类的组织，同时我也没有浓厚的乡土观念，因为我在这样的环境有过八年的熏陶，凡是中国人都是我的同乡。

一天夜里下大雪，黎明时同屋的一位广东同学大惊小怪的叫了起来："下雪啦！下雪啦!"别的寝室的广东同学也出来奔走相告，一个个从箱里取出羊皮袍穿上，但是里面穿的是单布裤子！

有一位从厦门来的同学，因为言语不通没人可以交谈，孤独郁闷而精神失常，整天用英语喊叫"我要回家！我要回家!"高等科有一位是他的同乡，但是不能时常来陪伴他。结果这位可怜的孩子被遣送回家了。

我是比较幸运的，每逢星期日，我交上一封家长的信便可获准出校返家，骑驴抄小径，经过大钟寺，到西直门，或是坐一小时的人力车遵大道进城。在家里吃一顿午饭，不大功夫夕阳西下又该回学校去了。回家的手续是在星期六晚办妥的，领一个写着姓名的黑木牌，第二天交到看守大门的一位张姓老头儿的手里，才得出门。平常是不准越大门一步的。但是高等科的同学们，和张老头打个招呼，也可以出门走走，买点什么鸭梨、柿子、烤白薯之类的东西。

新生是一群孩子，我这一班里以项君为最矮小，有一回他掉在一只大尿桶里几乎淹死。二三十年后我在天津遇到他，他已经任一个银行的经理，还是那么高，想起往事不禁发出会心的微笑。

新生的管理是很严格的。斋务主任陈筱田先生是个了不起的人物，天津人，说话干脆而尖刻，精神饱满，认真负责。学生都编有学号，我在中等科时是五八一，在高等科时是一四九，我毕业后十几年在南京车站偶然遇到他，他还能随口说出我的学号。每天早晨七点打起床钟，赴盥洗室，每人的手巾、脸盆都写上号码，脏了要罚。七点二十分吃早饭，四碟咸菜如萝卜干、八宝菜之类，每人三个馒头，稀饭不限。饭桌上，也有各人的学号，缺席就要记下处罚。脸可以不洗，早饭不能不去吃。陈先生常常躲在门后，拿着纸笔把迟到的一一记下，专写学号，一个也漏不掉。我从小就有早起的习惯，永远在打钟以前很久就起床，所以从不误吃早饭。

学生有久久不写平安家信以致家长向学校查询者，因此学校规定每两星期必须写家信一封，交斋务室登记寄出。我每星期回家一次，应免此一举，但格于规定仍须照办。我父亲说这是很好的练习小楷的机会，特为我在荣宝斋印制了宣纸的信笺，要我恭楷写信，年终汇订成册，留作纪念。

学生身上不许带钱，钱要存在学校银行里，平常的零用钱可以存少许在身上，但一角钱一分钱都要记账，而且是新式簿记，有明细账，有资产负债对照表，月底结算完竣要呈送斋务室备核盖印然后发还。在学校用钱的机会很少，伙食本来是免费的，我入校的那一年才开始收半费，每月伙食是六元半，我交三元，在我以后就是交全费的了，洗衣服每月二元，这都是在开学时交清了的。理发每次一角，技术不高明，设备也简陋，有一样好处——快，十分钟连揪带拔一定完工（我的朋友张心一来自甘肃，认为一角钱太贵，总是自剃光头，青白油亮，只是偶带刀痕）。所以花钱只是买零食。校内有一个地方卖日用品及食物，起初名为嘉华公司，后改称为售品所，卖豆浆、点心、冰淇凌、花生、栗子之类。只有在寝室里可以吃东西，在路上走的时候吃东西是被禁止的。

洗澡的设备很简单，用的是铅铁桶，由工友担冷热水。孩子们很多不喜欢亲近水和肥皂，于是洗澡便需要签名，以备查核。规定一星期洗澡至少两次，这要求并不过分，可是还是有人只签名而不洗澡。照规定一星期不洗澡予以警告，若仍不洗澡则在星期五下午四时周会（名为伦理演讲）时公布姓名，若仍不洗澡则强制执行，派员监视。以我所知，这规则尚不曾实行过。

看小说也在禁止之列。小说是所谓“闲书”，据说是为成年人消遣之用，不是诲淫就是诲盗，年轻人血气未定，看了要出乱子的。可是像《水浒》《红楼》之类我早就在家里看过，也是偷着看的，看到妙处心里确是怦怦然。

我到清华之后，经朋友指点，海甸有一家小书店可以买到石印小字的各种小说。我顺便去了一看，琳琅满目，如入宝山，于是买了一部《绿牡丹》。有一天晚上躺在床上偷看，字小，纸光，灯暗，倦极抛卷而眠，翌晨起来就忘记从枕下捡起，斋务先生查寝室，伸手一摸就拿走了。当天就有条子送来，要我去回话，我还不知道是什么事。只见陈先生铁青着脸，把那本《绿牡丹》往我面前一丢，说：“这是嘛？”“嘛”者，天津话“什么”也。我的热血涌到脸上，无话可说，准备接受打击。也许是因为我是初犯，而且并无其他前科，也许是因为我诚惶诚恐俯首认罪，使得惩罚者消了不少怒意，我居然除了受几声叱责及查获禁书没收之外没有受到惩罚。依法，这种罪过是要处分的，应于星期六下午大家自由活动之际被罚禁闭，地点在“思过室”。这种处分是最轻微的处分，在思过室里静坐几小时，屋里壁上满挂着格言，所谓“闭门思过”。凡是受过此等处分的，就算是有了纪录，休想再能获得品行优良奖的大铜墨盒。我没进过思过室，可是也从来没有得过大铜墨盒，可能是受了《绿牡丹》事件的影响。我们对于得过墨盒的同学们既不嫉妒亦不羡慕，因为人人心里明白那个墨盒的代价是什么，并且事后证明墨盒的得主将来都变成了什么样的角色。

思过是要牌示的，若干次思过等于记一小过，三小过为一大过，三大过则恶贯满盈实行开除。记过开除之事在清华随时有之，有时候一向品学兼优的学生亦不能免于记过。比我高一班的潘光旦曾告诉我他就被记小过一次，事由是他在严寒冬夜不敢外出如厕，就在寝室门外便宜行事。事有凑巧，陈斋务主任正好深夜巡查，迎面相值当场查获。当时未交一语，翌日挂牌记过。光旦认为这是很有趣的一件事，从不讳言。中等科的厕所（绰号九间楼）在夜晚是没有人敢去的，面临操场，一片寂寥，加上狂风怒吼，孩子们是有一点怕。最严重的罪过是偷窃，一经破获，立刻开除。有时候拿了人家的一本字典或是拿了人家一匹夏布，都要受最严重的处分。趁上课时扃闭寝室通路，翻箱倒箧实行突检，大概没有窃案不被破获的。虽然用重典，总还有人要蹈法网。有些学生被当做“线民”使用，负责打小报告，这种间谍制度后来大受外国教员指责，不久就废弃了。做线民的大概都是得过墨盒的。

清华对于年幼的学生还有过一阵的另一训导制度，三五个年幼的学生配给一个导师，导师由高等科的大学生担任之，每星期聚会一次，在生活上予以指导。指导我的是一位沈隽淇先生，大概比我大七八岁，道貌岸然，不苟言笑。这制度用意颇佳，但滞碍难行，因为硬性配给，不免扞格。此制行之不久即废，沈隽淇先生毕业后我也从来没听见过他的消息。

严格的生活管理只限于中等科，我们事后想想，像陈筱田先生所执行的那一套管理方法，究竟是利多弊少，许多做人做事的道理，本来是应该在幼小的时候就要认识。许多自然主义的教育信仰者，以为儿童的个性应该任其自由发展，否则受了摧残以后，便不得伸展自如。至少我个人觉得我的个性没有受到压抑以至于以后不能充分发展。我从来不相信“树大自直”。等我们升到高等科，一切管理松弛多了，尤其是正值“五四运动”之后，学生的气焰万丈，谁还能管学生？

## 四

清华是预备留美的学校，所以课程的安排与众不同，上午的课如英文、作文、公民（美国的公民）、数学、地理、历史（西洋史）、生物、物理、化学、政治学、社会学、心理学……都一律用英语讲授，一律用美国出版的教科书；下午的课如国文、历史、地理、修身、哲学史、伦理学、修辞、中国文学史……都一律用国语，用中国的教科书。这样划分的目的，显然的要加强英语教学，使学生多得听说英语的机会。上午的教师一部分是美国人，一部分是能说英语的中国人。下午的教师是一些中国的老先生，好多都是在前清有过功名的。但是也有流弊，重点放在上午，下午的课就显得稀松。尤其是在毕业的时候，上午的成绩需要及格，下午的成绩则根本不在考虑之列。因此大部分学生轻视中文的课程。这是清华在教育上最大的缺点，不过鱼与熊掌不可得兼，顾了英文就不容易再顾中文，这困难的情形也是可以理解的。可惜的是学校没有想出更合理的办法，同时对待中文教师之差别待遇也令学生生出很奇异的感想，薪给特别低，集中住在比较简陋的古月堂，显然中文教师是不受尊重的。这在学生的心理上有不寻常的影响，一方面使学生蔑视本国的文化，崇拜外人，另一方面激起反感，对于洋人偏偏不肯低头。我个人的心理反应即属于后者，我下午上课从来不和先生捣乱，上午在课堂里就常不驯顺。而且我一想起母校，我就不能不联想起庚子赔款、义和团、吃教的洋人、昏聩的官吏……这一连串的联想使我惭愧、愤怒。我爱我的母校，但这些联想如何能使我对我母校毫无保留的感觉骄傲呢？

清华特别注重英文一课，由于分配的钟点特多，再加上午其他各课亦用英语讲授，所以平均成绩可能较一般的学校略胜。使用的教本开始时是《鲍尔文读本》，以后就由浅而深的选读文学作品，如《阿丽斯异乡游记》《陶姆·伯朗就学记》《柴斯·菲德训子书》《金银岛》《欧文杂记》，阿迪生的《洛杰爵士杂记》，霍桑的《七山墙之屋》《块肉余生述》《朱立阿·西撒》《威尼斯商人》等等。前后八年教过我英文的老师有马国骥先生、林语堂先生、孟宪承先生、巢堃霖先生，美籍的有 Miss beader，Miss Clemens，Mr. Smith 等。

马、林、孟三位先生都是当时比较年轻的教师，不但学问好，教法好，而且热心教学，是难得的好教师。巢先生是在英国受教育的，英文根底极好。我很惭愧的是我曾在班上屡次无理捣乱反抗，使他很生气。但是我来台湾后他从香港寄信给我，要我到香港大学去教中文。我感谢这位老师尚未忘记几十年前的一个顽皮的学生。两位美籍的女教师使我特殊受益的倒不在英文训练，而在她们教导我们练习使用“议会法”，这一套如何主持会议、如何进行讨论、如何交付表决等等的艺术，以后证明十分有用。这也就是孙中山先生所谓的“民权初步”。在民主社会里到处随时有集会，怎么可以不懂集会的艺术？我幸而从小就学会了这一套，以后受用不浅，以后每逢我来主持任何大小会议，我知道如何控制会场秩序，如何迅速的处理案件的讨论。她们还教了我们作文的方法，题目到手之后，怎样先作大纲，怎样写提纲挈领的句子，有时还要把别人的文章缩写成为大纲，有时从一个大纲扩展成为一篇文章，这一切其实就是思想训练，所以不仅对英文作文有用，对国文也一样的有用。我的文章写得不好，但如果层次不太紊乱，思路不太糊涂，其得力处在此。美国的高等学校大概就是注重此种教学方法，清华在此等处模仿美国，是有益的。

上午的所有课程有一特色，即是每次上课之前学生必须作充分准备，先生指定阅览的资料必须事先读过，否则上课即无从听讲或应付。上课时间用在练习讨论者多，用在讲解者少，同时鼓励学生发问。我们中国学生素来没有当众发问的习惯，美籍教师常常感觉困惑，有时指名发问令其回答，造成讨论的气氛。美国大学里的课外指定阅读的资料分量甚重，所以清华先有此种准备，免得到了美国顿觉不胜负荷。我记得到了高等科之后，先生指定要读许多参考书，某书某章必须阅读，我们在图书馆未开门之前就排了长龙，抢着阅读参考书架上的资料，迟到者就要等候。

我的国文老师中使我获益最多的是徐镜澄先生，我曾为文纪念过他（见《秋室杂文》）。他在中等科教我作文一年，批改课业大勾大抹，有时全页都是大墨杠子，我几千字的文章往往被他删削得体无完肤，只剩下三二百字。我始而懊恼，继而觉得经他勾改之后确实是另有一副面貌，终乃接受了他的“割爱主义”；写文章少说废话，开门见山；拐弯抹角的地方求其挺拔，避免阘茸。

午后的课程大致不能令学生满意。学校聘请教员只知道注意其有无举人、进士的头衔，而不问其是否为优良教师。尤其是“五四”以后的几年，学生求知若渴，不但要求新知，对于中国旧学问也要求用新眼光来处理。比我低一班的朱湘先生就跑到北大旁听去了。清华午后上课情形简直是荒唐！先生点名，一个学生可以代替许多学生答到，或者答到之后就开溜，留在课室者可以写信、看小说甚至打瞌睡，而先生高踞讲坛视若无睹。我记得清清楚楚，有一位叶先生年老而无须，有一位学生发问了：“先生，你为什么不生胡须?”先生急忙用手遮盖他的下巴，缩颈俯首而不答，全班哄笑。这一类不成体统的事不止一端。

于此我不能不提到梁任公先生。大概是我毕业前一年，我们几个学生集议想请他来演讲。他的大公子梁思成是我同班同学，梁思永、梁思忠也都在清华，所以我们经过思成的关系一约就成了。任公先生的学问、事业是大家敬仰的，尤其是他心胸开朗，思想赶得上潮流，在“五四”以后俨然是学术重镇。他身体不高，头秃，双目炯炯有光，走起路来昂首阔步，一口广东官话，声如洪钟。他讲演的题目是《中国韵文里表现的情感》。他情感丰富，记忆力强，用手一敲秃头便能背诵出一大段诗词，有时手之舞之足之蹈之，有时口沫四溅涕泗滂沱，频频的从口袋里掏出一块大毛巾来揩眼睛。这篇演讲分数次讲完，有异常的成功，我个人对中国文学的兴趣就是被这一篇演讲所鼓动起来的。以前读曾毅《中国文学史》，因为授课的先生只是照着书本读一遍，毫无发挥，所以我越读越不感兴趣。任公先生以后由学校聘请，住在工字厅主讲“中国历史研究法”，更以后清华大学成立，他被聘为研究所教授，那是后话了。

还有些位老师我也是不能忘记的。教音乐的 Miss Seeley 和教图画的 Miss Starr 和 Miss Lyggate 都启迪了我对艺术的爱好。我本来喉音不坏，被选为“少年歌咏团”的团员，一共十二个人，除了我之外有赵敏恒、梅旸春、项谔、吴去非、李先闻、熊式一、吴鲁强、胡光澄、杜钟珩、郭殿邦等。我的嗓音最高，曾到城里青年会表演过一次 Human Piano（“人造钢琴”），我代表最高音。以后我倒了嗓子，同时 Seeley 女士离校后也没有人替其指导，我对音乐便失去了兴趣，没有继续修习，以至于如今对于音乐几乎完全是个聋子，中国音乐不懂，外国音乐也不通，变成了一个“内心没有音乐的人”，想起来实在可怕。讲到图画，我从小就喜欢，涂抹几笔是可以的，但无天才。清华的这两位教师给我的鼓励太多了，要我画炭画，描石膏像。记得最初是画院里的一棵松树，从基本上学习，但我没有能持续用功。我妄以为在小学时即已临摹王石谷、恽南田，如今还要回过头来画这些死东西？自以为这是委屈了我的才能，其实只是狂傲无知。到如今一点基本的功夫都没有，还谈得到什么用笔用墨？幼年时对艺术有一点点爱好，不值什么，没加上苦功，便毫无可观。我便是一例。

我不喜欢的课是数学。在小学时"鸡兔同笼"就已经把我搅昏了头，到清华习代数、几何、三角，更格格不入，从心里厌烦，开始时不用功，以后就很难跟上去，因此视数学课为畏途。我的一位同学孙筱孟比我更怕数学，每回遇到数学月考大考，他一看到题目就好像是"贾宝玉神游太虚幻境"一般，匆匆忙忙回寝室换裤子，历次不爽。我那时有一种奇异的想法，我将来不预备习理工，要这劳什子做什么？以"兴趣不合"四个字掩饰自己的懒惰、愚蠢。数学是人人要学的，人人可以学的，那是一种纪律，无所谓兴趣之合与不合。后来我和赵敏恒两个人同在美国一个大学读书，清华的分数单上数学一项都是勉强及格六十分，需要补修三角与立体几何。我们一方面懊恼，一方面引为耻辱，于是我们两个拼命用功，结果我们两个在全班上占第一、第二的位置，大考特准免予参加，以“甲上”成绩论。这证明什么？这证明没有人的兴趣是不近数学的，只要按部就班的用功，再加上良师诱导，就会发觉里面的趣味，万万不可任性，在学校里读书时万万不可相信什么“趣味主义”。

生物、物理、化学三门并非全是必修，预备习文法的只要修生物即可，这一规定也害我不浅。我选了比较轻松的生物。教我们生物的陈隽人先生，他对我们很宽，我在实验室里完全把时间浪费了。我怕触及蚯蚓、田鸡之类的活东西，闻到珂罗芳的味道就头痛，把蛤蟆四肢钉在木板上开刀取心脏是我最怵的事，所以总是请同学代为操刀，敷衍了事。物理、化学根本没有选修，至今引为憾事。

我的手很笨拙，小时候手工一向很坏，编纸、插豆、泥工、竹工的成绩向来羞于见人。清华亦有手工一课，教师是周永德先生。有一次，他要我们每人做一个木质的方锥体，我实在做不好，就借用同学徐宗沛所做的成品去搪塞交上。宗沛的手是灵巧的，他的方锥体做得方方正正、有棱有角，周先生给他打了个九十分。我拿同一个作品交上去，他对我有偏见，仅打了七十分，我不答应，我自己把真相说穿。周先生大怒，说我不该借用别人的作品。我说：“我情愿受罚，但是先生判分不公，怎么办呢？”先生也笑了。

## 五

清华对于体育特别注重。

每早晨第二堂与第三堂之间有十五分钟的柔软操。钟声一响，大家涌到一个广场上，地上有写着号码的木桩，各按号码就位立定，由舒美科先生或马约翰先生领导活动，由助教过来点名。这十五分钟操，如果认真做，也能浑身冒汗。这是很好的调剂身心的办法。

下午四时至五时有一小时的强迫运动。届时所有的寝室、课室房门一律上锁，非到户外运动不可，至少是在外面散步或看看别人运动。我是个懒人，处此情形之下，也穿破了一双球鞋，打烂了三五只网球拍，大腿上被棒球打黑了一大块。可惜到了高等科就不再强迫了。经常运动有助于健康，不，是健康之绝对的必需的条件，而且身体的健康，也必有助于心理的健康。年轻时所获致的健康也是后来求学做事的一笔资本。那时清华的一般的学生比较活泼一些，少老气横秋的态度，也许是运动比较多一点的缘故。

学生们之普遍的爱好运动的习惯之养成是一件事，选拔代表与别的学校竞赛则是又一件事。清华对于选手的选拔、培养与爱护也是做得很充分的。选手要勤练习，体力耗损多，食物需要较高的热量，于是在食堂旁边另设“训练桌”，大鱼大肉，四盘四碗，同学为之侧目。运动员之德、智、体三育均优者固然比比皆是，但在体育方面畸形发展的亦非绝无仅有。有一位玩球的健将就是功课不够理想，但还是设法留在校内以便为校立功，这种恶劣的作风是大家都知道的。

清华的运动员给清华带来不少的荣誉，在各种运动比赛中总是占在领导的位置。在最初的几次远东运动会中，清华的选手赢得不少锦标，为国家争取光荣。我记得最清楚的是一场足球赛和一场篮球赛。上海南洋大学的足球队在华中称雄，远征华北，以清华为对象。大家都觉得胜败未可逆料，不无惴惴。清华的阵容是：前锋徐仲良、姚醒黄、关颂韬、华秀升、邝××，后卫之一是李汝祺，守门是董大酉。这一战打得好精彩！徐仲良脚头有劲，射门准而急，关颂韬最会盘球，三两个人奈何不得他，冲锋陷阵如入无人之境，结果清华以逸待劳，侥幸大胜。这是在星期六下午举行的，星期一补放假一天以资庆祝，这是什么事！另一场篮球赛是对北师大。北师大在体育方面也是人才辈出，篮球队中一位魏先生尤负盛名。北师大和清华在篮球不相上下，可说势均力敌。清华的阵容是：前锋有时昭涵、陈崇武，后卫有孙立人、王国华。以这一阵容为基本的篮球队曾打垮菲律宾、日本的代表队。鏖战的结果，清华占地利因而险胜，孙立人、王国华的截球之稳练不能不令人叹为观止。附带提起，现在台湾的程树仁先生也是清华的运动健将，他继曹懋德为足球守门，举臂击球，比用脚踢还打得远些。他现在年近七十而强健犹昔，是清华的体育精神的代表。

清华毕业时照例要考体育，包括田、径、爬绳、游泳等项。我平常不加练习，临考大为紧张，马约翰先生对于我的体育成绩只是摇头太息。我记得我跑四百码的成绩是九十六秒，人几乎晕过去；一百码是十九秒。其他如铁球、铁饼、标枪、跳高、跳远都还可以勉强及格。游泳一关最难过。清华有那样好的游泳池，按说有好几年的准备应该没有问题，可惜是这好几年的准备都是在陆地上，并未下过水里，临考只得舍命一试。我约了两位同学各持竹竿站在两边，以备万一。我脚踏池边猛然向池心一扑，这一下就浮出一丈开外，冲力停止之后，情形就不对了。原来水里也有地心吸力，全身直线下沉。喝了一大口水之后，人又浮到水面；尚未来得及喊“救命”，已经再度下沉。这时节两根竹竿把我挑了起来，成绩是不及格，一个月后补考。这一个月我可天天练习了，好在不止我一人，尚有几位陪伴我。补考的时候也许是太紧张，老毛病又发了，身体又往下沉。据同学告诉我，我当时在水里扑腾得好厉害，水珠四溅，翻江倒海一般，否则也不会往下沉。这一沉，沉到了池底，我摸到大理石的池底，滑腻腻的。我心里明白，这一回只许成功不许失败，便在池底连爬带游的前进，喝了几口水之后，头已露出水面，知道快泳完全程了，于是从从容容来了几下子蛙式泳，安安全全的跃登彼岸。马约翰先生笑得弯了腰，挥手叫我走，说：“好啦，算你及格了。”这是我毕业时极不光荣的一个插曲。我现在非常悔恨，年轻时太不知道重视体育了。

清华的体育活动也并不完全是洋式的，也有所谓国术，如打拳、击剑之类。教师是李剑秋先生，他的拳是外家一路，急而劲，据说很有功夫，有时也开会表演，邀来外面的各路英雄，刀枪剑戟陈列在篮球场上。主人先垫垫脚，然后一十八般武艺一样一样的表演上场，其中包括空手夺刀之类。对于这种玩艺，同学中也有乐此不疲者，分头在钻研太极八卦、少林石头的奥秘。

## 六

五四运动发生在民国八年，我在中等科四年级，十八岁，是当时学生群中比较年轻的一员。清华远在郊外，在五四过后第二三天才和城里的学生联络上。清华学生的领导者是陈长桐。他的领导才能（charisma）是天生的，他严肃而又和蔼，冷静而又热情，如果他以后不走进银行而走进政治，他一定是第一流的政治家。他的卓越的领导能力使得清华学生在这次运动里尽了应尽的责任，虽然以后没有人以“五四健将”而闻名于世。自五月十九日以后，北京学生开始街道演讲。我随同大队进城，在前门外珠市口，我们一小队人从店铺里搬来几条木凳横排在街道上，人越聚越多，讲演的情绪越来越激昂。这时有三两部汽车因不得通过而乱按喇叭，顿时激怒了群众，不知什么人一声喝打，七手八脚的捣毁了一部汽车。我当时感觉到大家只是一股愤怒不知向谁发泄，恨政府无能，恨官吏卖国，这股恨只能在街上如醉如狂的发泄了。在这股洪流中没有人能保持冷静，此之谓“群众心理”。那部被打的汽车是冤枉的，可是后来细想也许不冤枉，因为至少那个时候坐汽车而不该挨打的人究竟为数不多。

章宗祥的儿子和我同一寝室。五四运动勃发之后，他悄悄的走避了，但是许多人不依不饶的拥进了我的寝室，把他的床铺捣烂了，衣箱里的东西狼藉满地。我回来看到很反感，觉得不该这样做。过后不久他害猩红热死了。

六月三日、四日，北京学生千余人在天安门被捕，清华的队伍最整齐，所以集体被捕，所占人数也最多。

清华因为继续参加学生运动而引起学校当局的不满，校长张煜全先生也许是用人不当，也许是他自己过分慌张，竟乘学生晚间开会之际切断了电线。他以为这一着可以迫使学生散去，想不到激怒了学生，当时点起蜡烛继续开会，这是对当局之公然反抗。事有凑巧，会场外忽然发现了三五个衣裳诡异、打着纸灯笼的乡巴佬，经盘问后，原来是由学校当局请来的乡间“小锣会”来弹压学生的。所谓小锣会，即是乡村农民组织的自卫团体，遇有盗警之类的事变就以敲锣为号，群起抵抗，是维持地方治安的一种组织。糊涂的学校当局竟把这种人请进学校来对付学生，真是自寻烦恼。学生们把小锣会团团围住，让他们具结之后便把他们驱逐出校。但是驱逐校长的风潮也因此而爆发了。

“五四”往好处一变而为新文化运动，往坏处一变而为闹风潮。清华的风潮是赶校长。张煜全、金邦正接连着被学生列队欢送迫出校外，其后是罗忠诒根本未能到差。这一段时期学生领导人之最杰出者为罗隆基，他私下里常说“九年清华，三赶校长”是实有其事。清华的传统的管理学生的方式崩溃了，学生会的坚强组织变成学生生活的中心。学生自治也未始不是一个好的现象，不过罢课次数太多，一快到暑假就要罢课，有人讥笑我们是怕考试，然乎否乎根本不值一辩，不过罢课这个武器用的次数太多反而失去同情则确是事实。

五四运动原是一个短暂的爱国运动，热烈的、自发的、纯洁的，“如击石火，似闪电光”，很快的就过去了。可是年轻的学生经此刺激、震动而突然觉醒了，登时表现出一股蓬蓬勃勃的朝气，好像是蕴藏、压抑多年的情绪与生活力，一旦获得了迸发、奔放的机会，一发而不可收拾，沛然而莫之能御。当时以我个人所感到的而言，这一股力量在两点上有明显的表现：一是学生的组织，一是广泛的求知欲。

在这以前，学生们都是听话的乖孩子，对权威表示服从，对教师表示尊敬，对职员表示畏惧。我刚到清华的时候，见到校长周寄梅先生，真觉得战战兢兢，他自有一种威仪使人慑服。至今我仍然觉得他有极好的风度，在我所知道的几任清华校长之中，他是最令大家翕服的一个。学校的组织与规程，尽管有不合理处，学生们不敢批评，更不敢有公然反抗的举动。除了对于国文教师常有轻慢的举动以外，学生对一般教师是恭顺的，无论教师多么不称职，从没有被学生驱逐的。在中等科时，一位国文先生酒醉，拿竹板打了学生的手心，教务长来抢走了竹板，事情也就平息了。这事情若发生在今天那还了得！清华管理严格，记过、开除是经常有的事，一纸开除的布告贴出，学生乖乖的卷铺盖，只有一次例外。我同班的一位万同学，因故被开除，他跑到海甸喝了一瓶“莲花白”，红头涨脸的跑回来，正值斋务主任李胡子在饭厅和学生们一起用膳，就在大庭广众之下，上去一拳把他打倒在地。这是绝无仅有的一次犯上作乱的精彩表演。

“五四”以后情形完全不同了。首先要说起学校当局之颟顸无能。当局糊涂到用关灭电灯的方法来防止学生开会，召进乡间的“小锣会”，打着灯笼、拿着棍棒到学校里来弹压学生，这如何能令学生心服？周校长以后的几任校长，都是外交部派来的闲散的外交官，在做官方面也许是内行的，但是平素学问道德未必能服人，遇到这动荡时代更不懂得青年心理，当然是治丝益紊，使事态恶化。数年之内，清华数易校长，每一位都是在极狼狈的情形之下离去的。学生的武器便是他们的组织——学生会。从前的班长级长都是些当局属意的“墨盒”持有人，现在的学生会的领导者是些有组织能力的有担当的分子。所谓“团结即是力量”，道理是不错的。原来为了遂行爱国运动而组织起来的学生会，性质逐渐扩大，目标也逐渐转移了，学生要求自治，学生也要过问学校的事。清华的学生组织是相当健全的，分评议会与干事会两部分，评议会是决议机关，干事会是执行机关，评议员是选举的。我在清华最后几年一直是参加评议会的。我深深感觉“群众心理”是很可怕的，组织的力量如果滥用也是很可怕的。我们在短短期间内驱逐的三位校长，其中有一位根本未曾到校，他的名字是罗忠诒，不知什么人传出了消息，说他吸食鸦片烟，于是喧嚷开来，舆论哗然，吓得他未敢到任。人多势众的时候往往是不讲理的。学生会每逢到了五六月的时候，总要闹罢课的勾当。如果有人提出罢课的主张，不管理由是否充分，只要激昂慷慨一番，总会通过。罢课曾经是赢得伟大胜利的手段，到后来成了惹人厌恶的荒唐行为。不过清华的罢课当初也不是没有远大目标的。一九二二年三月间，罗隆基写了一篇《彻底翻腾的清华革命》，发表在北京《晨报》。翌年三月间由学生会印成小册，并有梁任公先生及凌冰先生的序言，一致赞成清华应有一健全的董事会。可见清华革命之说确是合乎当时各方的要求。

嚣张是不须讳言的，但是求知的欲望也同时变得非常旺盛，对于一切的新知都急不暇择的吸收进去。我每次进城，在东安市场、劝业场、青云阁等处书摊旁边不知消磨多少时光，流连不肯去，几乎凡有新刊必定购置。不是我一人如此，多少敏感的青年学生都是如此。

我记得仔细阅读过的书刊包括有：胡适的《实验主义》《尝试集》《短篇小说集》《中国哲学史》，周作人的《欧洲文学史》《域外小说集》，王星拱的《科学方法论》，潘家洵译的《易卜生戏剧》，“少年中国”的丛书，共学社的丛书、《晨报》丛书等等。《新潮》《新青年》等杂志更不待言的是每期必读的。当然，那时候学力未充，鉴别无力，自己并无坚定的见地，但是扩充眼界，充实腹笥，总是一件好事。所以我那时看的东西很杂，进化论与互助论、资本论与安那其主义、托尔斯泰与萧伯纳、罗素与柏格森、泰戈尔与王尔德，兼收并蓄，杂糅无章。没有人指导，没有人讲解，暗中摸索，有时自以为发掘到宝藏而沾沾自喜，有时全然失去比例与透视。幸而，由于我的天生的性格，由于我的家庭的管教，我尚能分辨出什么是稳健的康庄大道，什么是行险侥幸的邪恶小径。三十岁以后，自己知道发奋读书，从来不敢懈怠，但是求知的热狂在“五四”以后的那一段期间仍然是无可比拟的。

因为探求新知过于热心，对于学校的正常的功课反倒轻视疏忽了。基本的科学不感兴趣，敷敷衍衍的读完一年生物学之后，对于物理、化学即不再问津，这一缺憾至今无法补偿。对于数学，我更没有耐心，自己给自己制造了一个借口曰：“性情不近”。梁任公先生创“趣味说”，我认为正中下怀。我对数学不感兴趣，因此数学的成绩仅能勉强维持及格而并不觉得惭怍。不但此也，在英文班上读些文学名著，也觉得枯燥无味，莎士比亚的戏剧亦不能充分赏识，他的文字虽非死文字，究竟嫌古老些，哪有时人翻译出来的现代作品那样轻松？于是有人谈高尔华绥、萧伯纳、王尔德、易卜生，亦从而附和之；有人谈莫泊桑、柴霍甫、屠格涅夫、法朗士，亦从而附和之。如响斯应，如影斯随，追逐时尚，惶惶然不知其所届。这是“五四”以后之一窝蜂的现象，表面上轰轰烈烈，如花团锦簇，实际上不能免于浅薄幼稚。

## 七

清华学生全体住校，自成一个社团，故课外活动也就比较多些。我初进清华，对音乐、图画都很热心。教音乐的教师 Miss Seeley 循循善诱，仪态万千，是颇受学生欢迎的一个人。她令学生唱校歌（清华的校歌是英文的），以测验学生歌唱的能力，我一试便引起她的注意，因为我声音特高，而且我能唱出校歌两阕的全部歌词。后来我就当选为清华幼年歌咏团的团员。不知为什么，这位教师回国后就一直没有替人，同时我的嗓音倒了之后亦未能复原，于是从此我和音乐绝缘。教图画的教师先是一位 Miss Starr，后是一位 Miss Lyggate，教我们白描，教我们写生、炭画、水彩画。可惜的是我所喜欢的是中国画，并且到了中等科三年级，也就没有图画一课了。

我在图画、音乐上都不得发展，兴趣转到了写字上面去。在小学的时候，老师周士棻（香如）先生教我们写草书《千字文》，这是白折子九宫格以外的最有趣的课外作业；我的父亲又鼓励我涂鸦，因此我一直把写字当作一种享受。我在清华八年所写的家信，都是写在特制的宣纸信笺上，每年装订为一册，全是墨笔恭楷。这习惯一直维持到留学回国为止。有一天我和同学吴卓（鹄飞）、张嘉铸（禹九）商量，想组织一个练习写字的团体。吴卓写得一笔好赵字，张嘉铸写得一笔酷似张廉卿的魏碑体，众谋佥同，于是我就着手组织，征求同好。我的父亲给我们起了一个名字，曰："清华戏墨社"。大字、小楷同时并进。包世臣的《艺舟双楫》、康有为的《广艺舟双楫》成了我的手边常备的参考书。我本来有早起的习惯，七点打起床钟，我六点就盥洗完毕，天蒙蒙亮，我和几位同学就走进自修室，正襟危坐，磨墨伸纸。如是者二年，不分寒暑，从未间断，举行过几次展览。我最初看吴卓临赵孟頫《天冠山图咏》，见猎心喜，但是我父亲不准我写，认为应先骨骼而后妩媚，要我写颜真卿的《争坐位》和柳公权的《玄秘塔》，同时供给我大量的珂罗版的汉碑，主要的是张迁碑、白石神君碑、孔庙碑，而以曹全碑殿后。这样临摹了两年，孤芳自赏，但愧未能持久。本无才力，终鲜功夫，至今拿起笔杆不能运用自如，是一憾事。

清华不是教会学校，所以并没有什么宗教气氛，但是有些外国教师及一些热心的中国人仍然不忘传教。例如查经班、青年会之类均应有尽有。可是同时也有一批国粹派，出面提倡孔教以为对抗。我对于宗教没有兴趣，不过于耶教、孔教二者，若是必须作一选择，我宁取后者，所以我当时便参加了一些孔教会的活动，例如在孔教会附设的贫民补习班和工友补习班里授课之类。不过孔子的学说根本不能构成宗教，所谓国教运动尤其讨厌。

五四以后，心情丕变。任何人在青春时期都会“怨黄莺儿作对，怪粉蝶儿成双”，都会变成为一个诗人。我也在荷花池畔开始吟诗了。有一首诗就题为《荷花池畔》，后来发表在《创造季刊》第四期上。我从事文艺写作是在我进入高等科之初，起先是几个朋友（顾毓琇、张忠绂、翟桓等）在校庆日之前，凑热闹翻译了一本《短篇小说作法》。这是一本没有什么价值的书，不知为何选中了它。我们的组织定名为“小说研究社”，向学校借占了一间空的寝室作为会所。后来我们认识了比我们高两级的闻一多，是他提议把小说研究社改为“清华文学社”，添了不少新会员，包括朱湘、孙大雨、闻一多、谢文炳、饶子离、杨子惠等。闻一多是个多才多艺的人，他不仅年纪比我们大两岁，在心理的成熟方面以及学识、修养方面，都比我们不止大两岁，我们都把他当作老大哥看待。他长于图画，而国文根底也很坚实，作诗仿韩昌黎，硬语盘空、雄浑恣肆，而情感丰富、正直无私。这时候，我和一多都大量的写白话诗，朝夕观摩，引为乐事。我们对于当时的几部诗集颇有一些意见，《冬夜》里有“被窝暖暖的，人儿远远的”之句，《草儿》里有“旗呀，旗呀，红黄蓝白黑的旗呀!”这样的一首，还有“如厕是早起后第一件大事”之句，我们都认为俗恶不堪；就诗论诗，倒是《女神》的评价最高。基于这一点意见，一多写了一篇长文《〈冬夜〉评论》，由我寄给北京《晨报》副刊（孙伏园编）。我们很天真，以为报纸是公开的园地，我们以为文艺是可以批评的，但事实不如此。稿寄走之后，如石沉大海，杳无音讯，几番函询亦不得复音。幸亏尚留底稿。我决定自行刊印，自己又写了一篇《〈草儿〉评论》，合为《〈冬夜〉〈草儿〉评论》，薄薄的一百多页，用去印刷费百余元，是我父亲供给我的。这一小册的出版引起两个反响，一个是《努力周报》署名“哈”的一段短评，当然是冷嘲热骂，一个是创造社《女神》作者的来信赞美。由于此一契机，我认识了创造社诸君。

我有一次暑中送母亲回杭州，路过上海，到了哈同路民厚南里，见到郭、郁、成几位。我惊讶的不是他们生活的清苦，而是他们生活的颓废，尤以郁为最。他们引我从四马路的一端，吃大碗的黄酒，一直吃到另一端，在大世界追野鸡，在堂子里打茶围，这一切对于一个清华学生是够恐怖的。后来郁达夫到清华来看我，要求我两件事，一是访圆明园遗址，一是逛北京的四等窑子。前者我欣然承诺，后者则清华学生夙无此等经验，未敢奉陪（后来他找到他的哥哥的洋车夫陪他去了一次，他表示甚为满意云）。

差不多同时，我也由于通信而认识了南京高师的胡昭佐（梦华），由于他而认识了吴宓（雨僧），后来又认识了梅光迪（迪生）、胡先骕（步青）诸位。对于南京一派比较守旧的思潮，我也有一点同情，并不想把他们一笔抹煞。

我的父亲总是担心我的国文根底不够，所以每到暑假他就要我补习国文。我的教师是仪征陈止（孝起）先生，他的别号是大镫，是一位纯旧式的名士，诗词文章无所不能，尤好收集小品古董，家里满目琳琅。我隔几天送一篇文章请他批改，偶然也作一点旧诗。但是旧文学虽然有趣，我可以研究、欣赏，却无模拟的兴致，受过“五四”洗礼的人是不能再回复到以前的那个境界里去了。

## 八

临毕业前一年是最舒适的一年，搬到向往已久的大楼里面去住，别是一番滋味。这一部分的宿舍有较好的设备，床是钢丝的，屋里有暖气炉，厕所里面有淋浴，有抽水马桶。不过也有人不能适应抽水马桶，以为做这种事而不采取蹲的姿势是无法完成任务的（我知道顾德铭即是其中之一，他一清早就要急急忙忙跑到中等科去“照顾”那九间楼）。可见吸收西方文化也并不简单，虽然绝大多数的人是乐于接受的。

和我同寝室的是顾毓琇、吴景超、王化成，四个少年意气扬扬共居一室，曾经合照过一张相片，坐在一条长凳上，四副近视眼镜，四件大长袍，四双大皮鞋，四条翘起来的大腿，一派生楞的模样。过了二十年，我们四个在重庆偶然聚首，又重照了一张，当时大家就意识到这样的照片一生中怕照不了几张。当时约定再过二十年一定要再照一张。现在拍照第三张的时期已过，而顾毓琇定居在美国，王化成在葡萄牙任公使多年之后病殁在美国，吴景超在大陆上，四人天各一方，萍踪飘泊，再聚何年？今日我回忆四十年前的景况，恍如昨日：顾毓琇以“一樵”的笔名忙着写他的《芝兰与茉莉》，寄给文学研究会出版；我和景超每星期都要给《清华周刊》写社论和编稿。提起《清华周刊》，那也是值得回忆的事。我不知哪一个学校可以维持出版一种百八十页的周刊，历久而不停，里面有社论，有专文，有新闻，有通讯，有文艺。我们写社论常常批评校政，有一次我写了一段短评，鼓吹男女同校，当然不是为私人谋，不过措词激烈了一点，对校长之庸弱无能大肆抨击。那时的校长是曹云祥先生（好像是做过丹麦公使，娶了一位洋太太，学问道德如何，则我不大清楚），大为不悦，召吴景超去谈话，表示要给我记大过一次。景超告诉他：“你要处分是可以的，请同时处分我们两个，因为我们负共同责任。”结果是采官僚作风，不了了之。我喜欢文学，清华文学社的社员经常有作品产生。不知我们这些年轻人为什么有那样大的胆量，单凭一点点热情，就能振笔直书从事创作。这些作品经由我的安排，便大量的在周刊上发表了，每期有篇幅甚多的文艺一栏自不待言，每逢节日还有特刊、副刊之类，一时文风甚盛。这却激怒了一位同学（梅汝璈），他投来一篇文章《辟文风》。我当然给他登出来，然后再辞而辟之。我之喜欢和人辩驳问难，盖自此时始，我对于写稿和编辑刊物也都在此际得到初步练习的机会。周刊在经济方面是由学校支持的，这项支出有其教育的价值。

我以《清华周刊》编者的名义，到城里陟山门大街去访问胡适之先生。缘因是梁任公先生应《清华周刊》之请，写了一个《国学必读书目》，胡先生不以为然，公开的批评了一番。于是我径去访问胡先生，请他也开一个书目。胡先生那一天病腿，躺在一张藤椅上见我，满屋里堆的是线装书。这是我第一次见到胡先生，清癯的面孔，和蔼而严肃。他很高兴的应了我们的请求。后来我们就把他开的书目发表在《清华周刊》上了。这个书目引出吴稚晖先生的一句名言："线装书应该丢到茅厕坑里去！"

我必须承认，在最后两年实在没有能好好的读书，主要的原因是心神不安。我在这时候经人介绍认识了程季淑女士，她是安徽绩溪人，刚从女子师范毕业，在女师附小教书。我初次和她会晤是在宣外珠巢街女子职业学校里。那时候男女社交尚未公开，双方家庭也是相当守旧的，我和季淑来往是秘密进行的，只能在中央公园、北海等地约期会晤。我的父亲知道我有女友，不时的给我接济，对我帮助不少。我的三妹亚紫在女师大，不久和季淑成了很好的朋友。青春初恋期间，谁都会神魂颠倒，睡时，醒时，行时，坐时，无时不有一个倩影盘踞在心头，无时不感觉热血在沸腾，坐卧不宁，寝食难安，如何能沉下心读书？“一日不见，如三秋兮!”更何况要等到星期日才能进得城去谋片刻的欢会？清华的学生有异性朋友的很少，我是极少数特殊幸运的一个。因为我们每星期日都风雨无阻的进城去会女友，李迪俊曾讥笑我们为“主日派”。

对于毕业出国，我一向视为畏途。在清华有读不完的书，有住不腻的环境，在国内有舍不得离开的人，那么又何必去父母之邦？所以和闻一多屡次商讨，到美国那样的汽车王国去，对于我们这样的人有无必要？会不会到了美国被汽车撞死为天下笑？一多先我一年到了美国，头一封来信劈头一句话便是：“我尚未被汽车撞死!”随后劝我出国去开开眼界。事实上，清华也还没有过毕业而拒绝出国的学生。我和季淑商量，她毫不犹豫的劝我就道，虽然我们知道那别离的滋味是很难熬的。这时候我和季淑已有成言，我答应她，三年为期，期满即行归来。于是我准备出国。季淑绣了一幅《平湖秋月图》给我，这幅绣图至今在我身边。

出国就要治装，我不明白为什么外国人到中国来不需治中装，而中国人到外国去就要治西装。清华学生平素没有穿西装的，都是布衣布褂，我有一阵还外加布袜布鞋。毕业期近，学校发一笔治装费，每人约三五百元之数，统筹办理，由上海恒康西服庄派人来承办。不匝月而新装成，大家纷纷试新装，有人缺领巾，有人缺衬衣，有的肥肥大大如稻草人，有的窄小如猴子穿戏衣，真可说得上是“沐猴而冠”。这时节我怀想红顶花翎朝靴袍褂出使外国的李鸿章，他有那一份胆量不穿西装，虽然翎顶袍褂也并非是我们原来的上国衣冠。我有一点厌恶西装，但是不能不跟着大家走。在治装之余，我特制了一面长约一丈的绸质大国旗——红黄蓝白黑的五色旗。这在后来派了很大的用场，在美国好多次集会（包括孙中山先生逝世时纽约中国人的追悼会）都借用了我这一面特大号的国旗。

到了毕业那一天（六月十七日），每人都穿上白纺绸长袍、黑纱马褂，在校园里穿梭般走来走去，像是一群花蝴蝶。我毕业还不是毫无问题的。我和赵敏恒二人因游泳不及格，几乎不得毕业，我们临时苦练，豁出去喝两口水，连爬带泳，凑合着也补考及格了，体育教员马约翰先生望着我们两个人只是摇头。行毕业礼那天，我还是代表全班的三个登台致词者之一。我的讲词规定是预言若干年后同学们的状况，现在我可以说，我当年的预言没有一句是应验了的！例如：谢奋程之被日军刺杀，齐学启之殉国，孔繁祁之被汽车撞死，盛斯民之疯狂以终，这些倒霉的事固然没有料到，比较体面的事如孙立人之于军事，李先闻之于农业，李方桂之于语言学，应尚能之于音乐，徐宗涑之于水泥工业，吴卓之于糖业，顾毓琇之于电机工程，施嘉炀之于土木工程，王化成、李迪俊之于外交……均有卓越之成就，而当时也并未窥见端倪。至于区区我自己，最多是小时了了，到如今一事无成，徒伤老大，更不在话下了。毕业那一天有晚会，演话剧助兴，剧本是顾一樵临时赶编的三幕剧《张约翰》。剧中人物有女性二人，谁也不愿担任，最后由我和吴文藻承乏。我的服装有季淑给我缝制的一条短裤和短裙，但是男人穿高跟鞋则尺寸不合无法穿着，最后向 Miss Lyggate 借来一试，还略嫌松一点点。演出时我特请季淑到校参观，当晚下榻学生会办公室。事后我问她我的表演如何，她笑着说："我不敢仰视。"事实上这不是我第一次演戏，前一年我已经演过陈大悲编的《良心》，导演人即是陈大悲先生。不过串演女角，这是生平仅有的一次。

拿了一纸文凭便离开了清华园，不知道是高兴还是哀伤。两辆人力车，一辆拉行李，一辆坐人，在骄阳下一步一步的踏向西直门，心里只觉得空虚怅惘。此后两个月中酒食征逐，意乱情迷，紧张过度，遂患甲状腺肿，眼珠突出，双手抖颤，积年始愈。

家父给了我同文书局石印大字本的前四史，共十四函，要我在美国课余之暇随便翻翻，因为他始终担心我的国文根底太差。这十四函线装书足足占我大铁箱的一半空间。这原是吴稚晖先生认为应该丢进茅厕坑里去的东西，我带过了太平洋，又带回了太平洋，差不多是原封未动交还给家父，实在好生惭愧。老人家又怕我在美膏火不继，又给了我一千元钱，半数买了美金硬币，半数我在上海用掉。我自己带了一具景泰蓝的香炉、一些檀香木和粉，因为我认为这是中国文化中最好的一项代表性的艺术品。我一向向往“焚香默坐”的那种境界。这一具香炉，顶上有一铜狮，形状瑰丽，闻一多甚为欣赏，后来我在科罗拉多和他分手时便举以相赠。我又带了一对景泰蓝花瓶，后来为了进哈佛大学的缘故，在暑期中赶补拉丁文，就把这对花瓶卖了五十元美金充学费了。此外我还在家里搜寻了许多绣活和朝服上的“黻子”，后来都成了最受人欢迎的礼物。

民国十二年八月里，在凄风苦雨的一天早晨，我在院里走廊上和弟妹们吹了一阵胰子泡，随后就噙着泪拜别父母，起身到上海候船放洋。在上海停了一星期，住在旅馆里写了一篇纪实的短篇小说，题为《苦雨凄风》，刊在《创造周报》上。我这一班，在清华是最大的一班，入学时有九十多人，上船时淘汰剩下六十多人了。登“杰克逊总统号”的那一天，船靠在浦东，创造社的几位到码头上送我。住在嘉定的一位朋友派人送来一面旗子，上面亲自绣了“乘风破浪”四个字。其实我哪里有宗悫的志向？我愧对那位朋友的期望。

清华八年的生涯就这样的结束了。

清华七十

今年台湾清华大学举办建校七十周年纪念，有朋友辗转问我要不要写一点回忆性质的文字以为祝贺。我在清华读过八年书，由十四岁到二十二岁，自然有不可磨灭的印象，难以淡忘的感情。我曾写过一篇《清华八年》，略叙我八年的经过。兹篇所述，偏重我所接触的师友及一些琐事之回忆，作为前文之补充。

现在新竹的台湾清华大学，校址很广，规模很大，教授的阵容坚强，学生的程序优异，这是有口皆碑的，不过我所能回忆的清华是在北平西直门外海甸北的清华园，新竹校园虽美，我却觉得有些异样。我记得，北平清华园的大门，上面横匾“清华园”三个大字，字不见佳，是清大学士那桐题的。遇有庆典之日，门口交叉两面国旗——五色旗。通往校门的马路是笔直一条碎石路，上面铺黄土，经常有清道夫一勺一勺地泼水。校门前小小一块广场，对面是一座小桥。桥畔停放人力车，并系着几匹毛驴。

门口内，靠东边有小屋数楹，内有一土著老者，我们背后呼之为张老头。他职司门禁，我们中等科的学生非领有放行木牌不得越校门一步。他经常手托着水烟袋，穿着黑背心，笑容可掬。我们若是和他打个招呼，走出门外买烤白薯、冻柿子，他也会装糊涂点点头，连说“快点儿回来，快点儿回来”。

校门以内是一块大空地，绿草如茵。有一条小河横亘草原。河以南靠东边是高等科，额曰“清华学堂”，也是那桐手笔。校长办公室在高等科楼上。民国四年（1915）我考取清华，由父执陆听秋（震）先生送我入校报到。陆先生是校长周诒春（寄梅）先生的圣约翰同学。我们进校先去拜见校长。校长指着墙上的一幅字要我念，我站到椅子上才看清楚。我没有念错，他点头微笑。我想我对他的印象比他对我的印象好。

河以北是中等科，一座教室的楼房之外，便是一排排的寝室。现在回想起来，像是编了号的监牢。我起初是六个人一间房，后来是四人一间。室内有地板，白灰墙白灰顶，四白落地。铁床草垫，外配竹竿六根以备夏天支设蚊帐。有窗户，无纱窗，无窗帘。每人发白布被单、白布床罩各二；又白帆布口袋二，装换洗衣服之用，洗衣作坊隔日派人取送。每两间寝室共用一具所谓“俄罗斯火炉”，墙上有洞以通暖气，实际上也没有多少暖气可通。但是火炉下面可以烤白薯，夜晚香味四溢。浴室、厕所在西边毗邻操场。浴室备铝铁盆十几个，浴者先签到报备，然后有人来倒冷热水。一个礼拜不洗，要宣布姓名；仍不洗，要派员监视勒令就浴。这规矩好像从未严格执行，因为请人签到或签到之后就开溜，种种方法早就有人发明了。厕所有九间楼之称，不知是哪位高手设计。厕在楼上，地板挖洞，下承大缸。如厕者均可欣赏“板斜尿流急，坑深屎落迟”的景致。而白胖大蛆万头攒动争着要攀据要津，蹲蹬失势者纷纷黜落的惨象乃尽收眼底。严冬朔风鬼哭神号，胆小的不敢去如厕，往往随地便溺，主事者不得已特备大木桶晚间抬至寝室门口阶下。桶深阶滑，有一位同学睡眼矇眬不慎失足，几遭灭顶（这位同学我在抗战之初偶晤于津门，已位居银行经理，谈及往事相与大笑）。

大礼堂是后造的。起先集会都在高等科的一个小礼堂里，凡是演讲、演戏、俱乐会都在那里举行。新的大礼堂在高等科与中等科之间，背着小河，前临草地，是罗马式的建筑，有大石柱，有圆顶，能容千余人，可惜的是传音性能不甚佳。在这大礼堂里，周末放电影，每次收费一角，像白珠小姐（Peari Wbite）主演的《蒙头人》（Hooded Terror）连续剧，一部接着一部，美女蒙难，紧张恐怖，虽是黑白无声，也很能引发兴趣，贾波林、陆克的喜剧更无论矣。我在这个礼堂演过两次话剧。

科学馆是后建的，体育馆也是。科学馆在大礼堂前靠右方。我在里面曾饱闻科罗芳的味道，切过蚯蚓，宰过田鸡（事实上是李先闻替我宰的，我怕在田鸡肚上划那一刀）。后来校长办公室搬在科学学馆楼上。教务处也搬进去了。原来的校长室变成了学生会的公所，好神气！

体育馆在清华园的西北隅，虽然不大，有健身房，有室内游泳池，在当年算是很有规模的了。在健身房里我练过跳木马、攀杆子、翻斤斗、爬绳子、张飞卖肉……游泳池我不肯利用，水太凉，不留心难免喝一口，所以到了毕业之日游泳考试不及格者有两个人，一个是赵敏恒，一个不用说就是区区我。

图书馆在园之东北，中等科之东，原来是平房一座，后建大楼，后又添两翼，踵事增华，蔚为大观。阅览室二，以软木为地板，故走路无声，不惊扰人。书库装玻璃地板，故透光，不需开灯。在当时都算是新的装备。一座图书馆的价值，不在于其建筑之雄伟，亦不尽在于其庋藏之丰富，而是在于其是否被人充分地加以利用。卷帙纵多，尘封何益。清华图书馆藏书相当丰富，每晚学生麇集，阅读指定参考书，座无虚席。大部头的手钞的四库全书，我还是在这里首次看到。

校医室在体育馆之南，小河之北。小小的平房一幢，也有病床七八张。舒美科医师主其事，后来换了一位肥胖的包克女医师。我因为患耳下腺炎曾住院两天。

工字厅在河之南，科学馆之背后，乃园中最早之建筑，作工字形，故名。房屋宽敞，几净窗明，为招待宾客之处，平素学生亦可借用开会。工字厅的后门外有一小小的荷花池，池后是一道矮矮的土山，山上草木蓊郁。凡是纯中国式的庭园风景，有水必有山，因为挖地作池，积土为山，乃自然的便利。有昆明湖则必然有万寿山，不过其规模较大而已。清华的荷花池，规模小而景色佳，厅后对联一副颇为精彩——

槛外山光历春夏秋冬万千变幻都非凡境

窗中云影任东西南北去来澹荡洵是仙居

横额是“水木清华”四个大字。联语原为广陵驾鹤楼杏轩沈广文之作，此为祁隽藻所书。祁隽藻是嘉庆进士、大学士。所谓“仙居”未免夸张，不过在一片西式建筑之中保留了这样一块纯中国式的环境，的确别有风味。英国诗人华次渥兹说，人在情感受了挫沮的时候，自然景物会有疗伤的作用。我在清华最后两年，时常于课余之暇，陟小山，披荆棘，巡游池畔一周，不知消磨了多少黄昏。闻一多临去清华时用水彩画了一幅“荷花池畔”赠我。我写了一首白话新诗“荷花池畔”刊在《创造季刊》上，不知是郭沫若还是成仿吾还给我改了两个字。

荷花池的东北角有个亭子，这是题中应有之义，有山有水焉能无亭无台？亭附近高处有一口钟，是园中报时之具，每半小时敲一次，仿一般的船上敲钟的方法，敲两下表示是一点或五点或九点，一点半是当当、当，两点半是当当、当当、当。余类推。敲钟这份差事也不好当，每隔半小时就得去敲一次，分秒不爽而且风雨无阻。

工字厅的西南有古月堂，是几个小院落组成的中国式房屋，里面住的是教国文的老先生。有些位年轻的教英文的教师记得好像是住在工字厅，美籍教师则住西式的木造洋房，集中在图书馆以北一隅。从住房的分配上也隐隐然可以看出不同的身份。

清华园以西是一片榛莽未除的荒地，也有围墙圈起，中间有一小土山耸立，我们称之为西园。小河经过处有一豁口，可以走进沿墙巡视一周，只见一片片的“萑苇被渚，蓼苹抽涯”，好像是置身于陶然亭畔。有一回我同翟桓赴西园闲步，水闸处闻泼剌声，俯视之有大鱼盈尺在石板上翻跃，乃相率褰裳跣足，合力捕获之，急送厨房，烹而食之，大膏馋吻。

孩子没有不馋嘴的，其实岂止孩子？清华校门内靠近左边围墙有一家“嘉华公司”，招商承办，卖日用品及零食，后来收回自营，改称为售品所，我们戏称去买零食为“上售”。零食包括：热的豆浆、肉饺、栗子、花生之类。饿的时候，一碗豆浆加进砂糖，拿起一枚肉饺代替茶匙一搅，顷刻间三碗豆浆一包肉饺（十枚）下肚，鼓腹而出。最妙的是，当局怕学生把栗子皮剥得狼藉满地，限令栗子必须剥好皮才准出售，糖炒栗子从没有过这种吃法。在清华那几年，正是生长突盛的时期，食量惊人。清华的膳食比较其他学校为佳，本来是免费的，我入校那年改为缴半费，我每月交三元，学校补助三元。八个人一桌，四盘四碗四碟咸菜，盘碗是荤素各半，馒头白饭管够。冬季四碗改为火锅。早点是馒头稀饭咸菜四色，萝卜干、八宝菜、腌萝卜、腌白菜，随意加麻油。每逢膳时，大家挤在饭厅门外，我的感觉不是饥肠辘辘，是胃里长鸣。我清楚的记得，上第四堂课《西洋文学大纲》时，选课的只有四五人，所以就到罗伯森先生家里去听讲，我需要用手按着胃，否则肚里会呜呜地大叫。我吃馒头的最高纪录是十二个。斋务人员在饭厅里单占一桌，学生们等他们散去之后纷纷喊厨房添菜，不是木须肉，就是肉丝炒辣椒，每人呼呼地添一碗饭。

清华对于运动夙来热心。校际球类比赛如获胜利，照例翌日放假一天，鼓舞的力量很大。跻身于校队，则享有特殊伙食以维持其体力，名之为“训练桌”，同学为之侧目。记得有一年上海南洋大学足球队北征，清华严阵以待。那一天朔风刺骨，围观的人个个打哆嗦而手心出汗。清华大胜，以中锋徐仲良、半右锋关颂韬最为出色。徐仲良脚下劲足，射门时球应声入网，其疾如矢。关颂韬最善盘球，左冲右突不离身，三两个人和他抢都奈何不了他。其他的队员如陆懋德、华秀升、姚醒黄、孟继懋、李汝祺等均能称职。生平看足球比赛，紧张刺激以此为最。篮球赛之清华的对手是北师大，其次是南开，年年互相邀赛，全力以赴，互有胜负。清华的阵容主要的以时昭涵、陈崇武为前锋，以孙立人、王国华为后卫。昭涵悍锐，崇武刁钻，立人、国华则稳重沉着。五人联手，如臂使指，进退恍惚，胜算较多。不能参加校队的，可以参加级队，不能参加级队的甚至可以参加同乡队、寝室队，总之是一片运动狂。我非健者，但是也踢破过两双球鞋，打破过几只网拍。

当时最普通而又最简便的游戏莫过于"击嘎儿"。所谓"嘎儿"者，是用木头旋出来的梭形物，另备木棍一根如擀面杖一般，略长略粗。在土地上掘一小沟，以嘎儿斜置沟之一端，持杖猛敲嘎儿之一端，则嘎儿飞越而出，愈远愈好。此戏为两人一组。一人击出，另一人试接，如接到则二人交换位置；如未接到则拾起嘎儿掷击平放在沟上之木棍，如未击中则对方以木杖试量其差距，以为计分。几番交换击接，计分较少之一方胜。清华并不完全洋化，像这样的井市小儿的游戏实在很土，其他学校学生恐怕未必屑于一顾，而在清华有一阵几乎每一学生手里都持有一杖一梭。每天下午有一个老铜锁匠担着挑子来到运动场边，他的职业本来是配钥匙开锁，但是他的副业喧宾夺主，他管修网球拍，补皮球胎，缝破皮鞋，发售木杖木嘎儿，以及其他零碎委办之事，他是园中一个不可或缺的服务者。

我们的制服整齐美观，厚呢的帽子宽宽的帽沿，烫得平平的。户外活动比较有趣，圆明园旧址就在我们隔壁，野径盘纡，荒纤交互，正是露营的好去处。用一根火柴发火炊饭，不是一件容易事。饭煮成焦粑或稀粥，也觉得好吃。“五四”之后清华学生排队进城，队伍整齐，最能赢得都人喝彩。

我的课外活动不多，在中二中三时曾邀约同学组织成了一个专门练习书法的“戏墨社”，愿意参加的不多，大家忙着学英文，谁有那么多闲情逸致讨此笔砚生涯？和我一清早就提前起床，在吃早点点名之前做半小时余的写字练习的，有吴卓、张嘉铸等几个人。吴卓临赵孟頫的天冠山图咏，柔媚潇洒，极有风致，张嘉铸写魏碑，学张廉卿，有古意。我写汉隶，临张迁，仅略得形似耳。我们也用白折子写小楷。包世臣的《艺舟双楫》、康有为的《广艺舟双楫》是我们这时候不断研习的典籍。我们这个结社也要向学校报备，还请了汪鸾翔（巩庵）先生作导师，几度以作业送呈过目，这位长髯飘拂的略有口吃的老师对我们有嘉勉但无指导。怪我毅力不够，勉强维持两年就无形散伙了。

进高等科之后，生活环境一变，我已近成年，对于文学发生热烈的兴趣。邀集翟桓、张忠绂、顾毓琇、李迪俊、齐学启、吴锦铨等人组织"小说研究社"，出版了一册《短篇小说作法》，还占据了一间寝室作为社址。稍后扩大了组织，改名为"清华文学社"，吸收了孙大雨、谢文炳、饶孟侃、杨世恩等以及比我们高三班的闻一多，共约三十余人。朱湘落落寡合，没有加入我们的行列，后终与一多失和，此时早已见其端倪。一多年长博学，无形中是我们这集团的领袖，和我最称莫逆。我们对于文学没有充分的认识，仅于课堂上读过少数的若干西方文学作品，对于中国文学传统亦所知不多，尚未能形成任何有系统的主张。有几个人性较浪漫，故易接近当时《创造社》一派。我和闻一多所作之《〈冬夜〉〈草儿〉评论》即成于是时。同学中对于我们这一批吟风弄月讴歌爱情的人难免有微词，最坦率的是梅汝璈，他写过一篇《辟文风》投给《清华周刊》，我是《周刊》负责的编辑之一，当即为之披露，但是于下一期《周刊》中我反唇相讥辞而辟之。

说起《清华周刊》，那是我在高四时致力甚勤的一件事。周刊为学生会主要活动之一，由学校负责经费开支，虽说每期五六十页不超过一百页，里面有社论、有专论、有新闻、有文艺，俨然是一本小型综合杂志，每周一期，编写颇为累人。总编辑是吴景超，他做事有板有眼，一丝不苟。景超和我、顾毓琇、王化成四人同寝室。化成另有一批交游，同室而不同道。每到周末，我们三个人就要聚在一起，商略下一期《周刊》内容。社论数则是由景超和我分别撰作，交相评阅，常常秉烛不眠，务期斟酌于至当，而引以为乐。《周刊》的文艺一栏特别丰富，有时分印为增刊，厚达二百页。

高四的学生受到学校的优遇。全体住进一座大楼，内有暖气设备，有现代的淋浴与卫生设备。不过也有少数北方人如厕只能蹲而不能坐，则宁可远征中等科照顾九间楼。高四一年功课并不松懈，惟心情愉快，即将与校园告别，反觉依依不舍。我每周进城，有时策驴经大钟寺趋西直门，蹄声得得，黄尘滚滚，赶脚的跟在后面跑，气咻咻然。多半是坐人力车，荒原古道，老树董杨，也是难得的感受，途经海甸少不得要停下，在仁和买几瓶莲花白或桂花露，再顺路买几篓酱瓜酱菜，或是一匣甜咸薄脆，归家共享。

这篇文字无法结束，若是不略略述及我所怀念的六十多年前的几位师友。

首先是王文显先生，他做教务长相当久，后为清华大学英语系主任，他的英文名字是 J. Wang Quincey，我没见过他的中文签名，听人说他不谙中文，从小就由一位英国人抚养，在英国受教育，成为一位十足的英国绅士。他是广东人，能说粤语，为人稳重而沉默，经常骑一辆脚踏车，单手扶着车把，岸然游行于校内。他喜穿一件运动上装，胸襟上绣着英国的校徽（是牛津还是剑桥我记不得了），在足球场上做裁判。他的英语讲得太好了，不但纯熟流利，而且出言文雅，音色也好，听他说话乃是一大享受，比起语言粗鲁的一般美国人士显有上下之别。我不幸没有能在他班上听讲，但是我毕业之后任教北大时，曾两度承他邀请参加清华留学生甄试，于私下晤对言谈之间，听他叙述英国威尔逊教授如何考证莎士比亚的版本，头头是道，乃深知其于英国文学的知识之渊博。先生才学深邃，而不轻表露，世遂少知之者。

巢堃霖先生是我的英文老师，他也是受过英国传统教育的学者，英语流利而有风趣。我记得他讲解一首伯朗宁的小诗《法军营中轶事》，连读带做，有声有色。我在班上发问答问，时常故作刁难，先生不以为忤。

在中等科教过我英文的有马国骥、林玉堂、孟宪成诸先生。马先生说英语夹杂上海土话，亦庄亦谐，妙趣横生。林先生长我五六岁，圣约翰毕业后即来清华任教，先生后改名为语堂，当时先生对于胡适白话诗甚为倾倒，曾于英文课中在黑板上大书“人力车夫，人力车夫，车来如飞……”，然后朗诵，击节称赏。我们1923级的“级呼”（Class Yell）是请先生给我们作的：

Who are，Who are，Who are we? we are，we are，twenty—three，Ssss bon—bah!

孟先生是林先生的同学，后来成为教育学家。林先生活泼风趣，孟先生凝重细腻。记得孟先生教我们读《汤伯朗就学记》(Tonm Brown's Schooldays),这是一部文学杰作,写英国勒格贝公共学校的学生生活,先生讲解精详,其中若干情况至今不能忘。

教我英文的美籍教师有好几位,我最怀念的是贝德女士(Miss Baeder),她教我们“作文与修辞”,我受益良多。她教我们作文,注重草拟大纲的方法。题目之下分若干部分,每部分又分若干节,每节有一个提纲挈领的句子。有了大纲,然后再敷演成为一篇文字。这方法其实是训练思想,使不枝不蔓层次井然,用在国文上也同样有效。她又教我们议会法,一面教我们说英语,一面教我们集会议事的规则(也就是孙中山先生所讲的民权初步),于是我们从小就学会了什么动议、附议、秩序问题、权利问题,等等,终身受用。大抵外籍教师教我们英语,使用各种教材教法,诸如辩论、集会、表演、游戏之类,而不专门致力于写、读、背。是于实际使用英语中学习英语。还有一位克利门斯女士(Miss Clemens)我也不能忘,她年纪轻,有轻盈的体态,未开言脸先绯红。

教我音乐的是西莱女士(Miss Seeley),教我图画的是斯塔女士(Miss Starr)和李盖特女士(Miss Liggate),我上她们的课不是受教，是享受。所谓如沐春风不就是享受么？教我体育的是舒美科先生、马约翰先生，马先生黑头发绿眼珠，短小精悍，活力过人，每晨十时，一声铃响，全体自课室蜂拥而出，排列在一个广场上，“一、二、三、四，二、二、三、四……”连做十五分钟的健身操，风霜无阻，也能使大家出一头大汗。

我的国文老师当中，举人进士不乏其人，他们满腹诗书自不待言，不过传授多少给学生则是另一问题。清华不重国文，课都排在下午，毕业时成绩不计，教师全住在古月堂自成一个区域。我怀念徐镜澄先生，他教我作文莫说废话，少用虚字，句句要挺拔，这是我永远奉为圭臬的至理名言。我曾经写过一篇记徐先生的文章，兹不赘。陈敬侯先生是天津人，具有天津人特有的幽默，除了风趣的言谈之外还逼我们默写过好多篇古文。背诵之不足，继之以默写，要把古文的格调声韵砸到脑子里去。汪鸾翔先生以他的贵州的口音结结巴巴的说：“有人说，国国文没没趣味，国国文怎能没没有趣味，趣味就在其中啦!”当时听了当做笑话，现在体会到国文的趣味之可意会而不可言传，真是只好说是“在其中”了。

八年同窗好友太多了，同级的七八十人如今记得姓名的约有七十，有几位我记得姓而忘其名，更有几位我只约记得面貌。

我在清华最后两年，因为热心于学生会的活动，和罗努生、何浩若、时昭瀛来往较多。浩若曾有一次对我说："当年清华学生中至少有四个人不是好人，一个是努生，一个是昭瀛，一个是区区我，一个是阁下你。应该算是四凶。常言道，'好人不长寿'，所以我对于自己的寿命毫不担心。如今昭瀛年未六十遽尔作古，我的信心动摇矣!"他确是信心动摇，不久亦成为九泉之客。其实都不是坏人，只是年少轻狂不大安分。我记得有一次演话剧，是陈大悲的《良心》，初次排演的时候斋务主任陈筱田先生在座（他也饰演一角），他指着昭瀛说："时昭瀛扮演那个坏蛋，可以无需化妆。"哄堂大笑。昭瀛一瞪眼，眼睛比眼镜还大出一圈。他才思敏捷，英文特佳。为了换取一点稿酬，译了我的《雅舍小品》，孟瑶的《心园》，张其钧的《孔子传》。努生的私生活高潮迭起，世人皆知，在校时扬言"九年清华三赶校长"，我曾当面戏之曰："足下才高于学，学高于品。"如今他已下世，我仍然觉得"世人皆欲杀，吾意独怜才"。至于浩若，他是清华同学中惟一之文武兼资者，他在清华的时候善写古文，波澜壮阔。在美国读书时倡国家主义最为激烈，返国后一度在方鼎英部下任团长，抗战期间任物资局长，晚年萧索，意气消磨。

我清华最后一年同寝室者，吴景超与顾毓琇，不可不述。景超徽州歙县人，永远是一袭灰布长袍，道貌岸然，循规蹈矩，刻苦用功。好读史迁，故大家称呼之为太史公。为文有法度，处事公私分明。供职经济部所用邮票分置两纸盒内，一供公事，一供私函，决不混淆。可见其为人之一斑。毓琇江苏无锡人，治电机，而于诗词戏剧小说无所不窥，精力过人。为人机警，往往适应局势猛着先鞭。还有两个我所敬爱的人物。一个是潘光旦，原名光亶，江苏宝山人，因伤病割去一腿。徐志摩所称道的“胡圣潘仙”，胡圣是适之先生，潘仙即光旦，以其似李铁拐也。光旦学问渊博，融贯中西，治优生学，后遂致力于我国之谱牒，时有著述，每多发明。其为人也，外圆内方，人皆乐与之游。还有一个是张心一，原名继忠，是我所知的清华同学中惟一的真正的甘肃人。他是一个传奇人物。他嫌理发一角钱太贵，尝自备小刀对镜剃光头，常是满头血迹斑斓。在校时外出永远骑驴，抗战期间一辆摩托机车跑遍后方各省。他做一个银行总稽核，外出查账，一向不受招待，某地分行为他设盛筵，他闻声逃匿，到小吃摊上果腹而归。他的轶事一时也说不完。

我在清华一住八年，由童年到弱冠，在那里受环境的熏陶，受师友的教益。这样的一个学校是名副其实的我的母校，我自然怀着一份深厚的感情。

# 海啸

民国十二年八月，清华癸亥级学生六十余人在上海浦东登上“杰克逊总统号”放洋。有好多同学有亲友送行，其中有些只眼睛是红肿的，船上五个人组成的小乐队奏起了凄伤的曲调，愈发增加了黯然销魂的情趣。给我送行的只有创造社的几位，下船之后也就走了。我抚着船栏，看行人把千万纸条抛向码头，送行的人拉着纸条的另一端，好像是牵着这一万二千吨的船不肯放行的样子。等到船离开了码头，纸条断了，送行的人群渐渐模糊，我们人人脸上都露出了木然的神情。

天连水，水连天，不住的波声澌澹。好多只海鸥绕着船尾飞，倦了就浮在水上。一群群的文鳐偶然飞近船舷，一闪而没。我们一天天的看日出日落，看月升月沉。

船上除了我们清华一批人外，有三位燕京大学毕业的学生，一个是许地山（落华生），一个是谢婉莹（冰心），一个是一位“陶大姐”。许地山是福建龙溪人，生于一八九三年，出国这一年该是三十岁，比我们年长几岁。他是生长在台湾的彰化，随后到大陆求学的。说来惭愧，我那时候对台湾一无所知，倒是在读英文绥夫特《一个小小建议》中的时候看到萨曼那泽的记述。据说台湾有吃活人的习惯，虽明知那是杜撰胡说，总觉得海陬荒岛是个可怖的地方。所以我看见许地山就有奇异的联想。而许先生的仪表又颇不平凡，蓬松着头发，凸出的大眼睛，一小撮山羊胡子，八字脚，未开言先格格的笑。和他接近之后，发觉他为人敦厚，富热情与想象，是极风趣的，有许多小动作特别令人发噱。他对于印度宗教，后来对于我国道教，都有深入的研究。他的文学作品，如《无法投递的邮件》《缀网劳蛛》《空山灵雨》，无不具有特殊的格调与感人的力量。谢冰心，福建闽侯人，一九〇一年生，受过良好的家庭与教会学校的教育，待人温和而有分寸，谈吐不俗。她的《超人》《繁星》《春水》，当时早已脍炙人口。

除了一上船就一头栽倒床上尝天旋地转晕船滋味的人以

外，能在颠簸之中言笑自若的人总要想一些营生。于是爱好文学的人就自然的聚集在一起，三五个人在客厅里围绕着壁炉中那堆人工制造的熊熊炉火，海阔天空的闲聊起来。不知是谁提议，要出一份壁报，张贴在客厅入口处的旁边，三天一换，内容是创作与翻译并蓄，篇幅以十张稿纸为限，密密麻麻的用小字誊录。报名定为《海啸》，刊头是我仿张海若的“手摹拓片体”涂成隶书“海啸”二字，下面剪贴“杰克逊总统号”专用信笺角上的轮船图形。出力最多的是一樵，他负起大部分抄写的责任。出了若干期之后，我们挑拣了十四篇，卷了起来，后来寄交《小说月报》发表，见该杂志第十四卷十一号，作为一个专栏，目录如下：

| | |
|---|---|
| 《海啸》 | 梁实秋 |
| 《乡愁》 | 冰心女士 |
| 《海世间》 | 落华生 |
| 《海鸟》 | 梁实秋 |
| 《别泪》 | 一樵 |
| 《梦》 | 梁实秋 |
| 《海角底孤星》 | 落华生 |

| | |
|---|---|
| 《惆怅》 | 冰心女士 |
| 《醍醐天女》 | 落华生 |
| 《纸船》 | 冰心女士 |
| 《女人，我很爱你》 | 落华生 |
| 《约翰，我对不起你》 | C. Rossetti　梁实秋译 |
| 《你说你爱》 | Keats CHL 译 |
| 《什么是爱》 | K. Hamsun　一樵译 |

在船上张贴壁报，还要寄回国内发表，是青年的创作欲还是发表欲，我也不很清楚。我只觉得在海中漂泊，心里有说不出的滋味，一吐为快。《海啸》一诗中最后六行是这样的：

对月出神的骚士！你想些什么？
可是眷念着锦绣河山的祖国？
若是怀想着远道相思的情侣，——
明月有圆有缺，海潮有涨有落。
请在这海上的月夜，把你的诗心捧出来，
投入这水晶般的通彻玲珑的无边天海！

使用“海啸”两个字的时候，至少当时的我是不求甚解的。“海啸”用英文讲是 tidal wave 或 tidal bore，是由地震而引起的汹涌的大浪。与“龙吟虎啸”的“啸”迥异其趣，与“琴酒啸咏”之“啸”更大相径庭。风平浪静的在大海上航行，根本没有地震，哪里来的海啸？但是，不。就在我们抵达彼岸的那一天，九月一日，早餐桌上摆着一张电讯新闻，赫然写着日本东京大地震，并且警告海上航行的船只注意提防海啸！东京这次地震很剧烈，死亡有十四万三千人之多，我们路过东京参观过的地方大部分夷为平地了。船驶近西雅图的时候，果然有相当强烈的风浪，像是海啸。

# 《琵琶记》的演出

一九二四年秋我到了麻州剑桥进哈佛大学研究院。先是和顾一樵先生赁居奥斯丁园五号，半年后我们约同时昭涵、徐宗涑几位同学迁入汉考克街一五九号之五。那是一所公寓。这公寓房子相当寒伧，号称有家具设备，除了床铺和几具破烂桌椅之外别无长物，但是租价低廉。几个学生合住，不但负担较轻，而且轮流负责炊事，或担任采购，或在灶前掌勺，或专管洗碗洗盘，吵吵闹闹，颇不寂寞。最妙的是地点适中，往东去是麻省理工学院，往西去是哈佛大学，所以大家都感满意。在剑桥的中国学生，不是在哈佛，就是在麻省理工。中国学生在外国喜欢麇居在一起，一部分是由于生活习惯的关系，一部分是因为和有优越感的白种人攀交，通常不是容易事，也不是愉快事。中国人走到哪里都有强烈的团体精神，实在是形势使然。我们的公寓，事实上是剑桥中国学生活动的中心之一，来往过客也常在我们这里下榻，帆布床随时供应。有一天，我正在厨房做炸酱面，锅里的酱正噗哧噗哧的冒泡，潘光旦带着另外三个人闯了进来。他一进门就闻到炸酱的香味，死乞白赖的要讨一顿面吃，我慨然应允。我在小碗炸酱里加进四勺盐，吃得大家狞眉皱眼，饭后拼命喝水。

平时大家读书都很忙，课外活动还是有的。剑桥中国学生会那一年主持人是沈宗濂，一九二五年春天不知怎的心血来潮，要演一出英语的中国戏，招待外国师友，筹划的责任落到一樵和我身上。讲到演戏我们是有兴趣的。我和一樵平素省吃俭用，时常舍得用钱去看戏。波斯顿的 Copley Theater 是由一个剧团驻院经常演出的，我们是长期的座上客，细心观摩他们的湛深的演技。我悟得一点诀窍，也就是哈姆雷特奉劝演员的那些意见，演出时要轻松自然，不要过于剑拔弩张，不要张牙舞爪，到了紧要关头方可用出全副力量，把真情灌注进去。我们有一次看了谢立敦的《情敌》，又有一次看了品奈罗的《谭克雷续弦夫人》，看到表演精彩之处真如醍醐灌顶。我们对于戏剧如此热心，所以学生会筹划演戏之议我们就没有推辞。

一樵真是多才多艺，他学的是电机工程，念念不忘文学。诗词、小说、戏剧无一不插上一手。他负起编剧责任，选定了《琵琶记》。蔡伯喈的故事，流传已久，各地地方剧常常把它搬上舞台，把蔡伯喈形容成一个典型的不孝不义的人物。南宋诗人刘后村的“斜阳古道柳家庄，负鼓盲翁正作场。死后是非谁管得，满村听唱蔡中郎”，是大家都熟知的一首诗。明初高则诚写《琵琶记》，就是根据这个古老的民间故事编的，不过在高则诚的笔下，蔡中郎好像是一个比较可以令人同情的读书人了。全剧共二十四出，词藻丰赡。一樵只是撷取其故事骨干，就中郎一生，由高堂称庆到南浦嘱别，由奉旨招婿到再报佳期，由强就鸾凰到书馆悲逢，这三大段正好编成三幕，用语体写出，编成之后由我译成英文。《琵琶记》的原文，非常精彩，号称为“南曲之祖”，其中唱词尤为典丽，我怎能翻译？但是改成语体，编成话剧，便容易措手了。于是很快的译好，送到哈佛合作社代为复印多份，脚本告成。波斯顿音乐院里一位先生（英籍）帮我们制作布景，看到剧本，问我：“这是谁译的？”我佯为不知。他说译文中有些美国人惯用的俗语羼杂在内，例如“Go ahead”一语，就不宜由一位文士对一位淑女来讲。我觉得他说得对，就悄悄的改了。

演员问题，大费周章。女主角赵五娘，大家一致认为在波斯顿附近的威尔斯莱女子学院的谢文秋女士最适宜于担任。谢小姐是上海人，风度好，活泼，而且口齿伶俐。她的性格未必适于这一角色，但是当时没有其他的选择。她慷慨的答应了。男主角蔡伯喈成了问题，不是找不到人，是跃跃欲试的人大有人在。某一男士才高志大，又一位男士风流倜傥，都觉得扮演蔡伯喈胜任愉快。在争来争去的情形之下，一樵和我商量，要我出马。我提出一项要求，那就是先去征询谢小姐的意见，看她要不要这样的一个搭档。她没有异议。

我们的演员表大致是这样：

| | |
|---|---|
| 蔡中郎 | 梁实秋 |
| 赵五娘 | 谢文秋 |
| 丞相之女 | 谢冰心 |
| 牛丞相 | 顾一樵 |
| 丞相夫人 | 王国秀 |
| 邻人 | 徐宗涑 |

此外还有曾昭抡、高长庚，波斯顿大学的两位华侨女生，都记不得担任的是什么角色了。我们是一群乌合之众，谁也没有多少经验，也没有专人导演，就凭一股热心，课余之暇自动的排演起来。

服装布景怎么办？事有凑巧，前此不久，纽约的中国同学会很成功的演出了一出古装话剧《杨贵妃》，事实上我们的《琵琶记》也是受了《杨贵妃》的影响。主持《杨贵妃》上演的都是我们的朋友，如余上沅、闻一多、赵太侔等，所以我们就驰函求助。杨剧服装大部分是缝制之后，由闻一多用水彩画不透明颜料画上图案，在灯光照耀之下华丽无比，其中一部分借给我们了。杨贵妃是唐朝人，蔡伯喈是汉朝人，服装式样有无差别，我们也顾不了许多。关于布景，一多有信给一樵：

一樵：

舞台用品……布景也许用不着我亲身来波城。只要把剧本同舞台的尺寸寄来，我便可以画出一套图案，注明用什么材料怎样的制造。反正舞台上不宜用平面的绘画，例如一个窗子最好用木头或厚纸制一个能开能阖的窗子，不当在墙上画一个窗子的模样，因为这样会引起错误的幻觉。总之，我把图案制就了，看它的构造是简单或复杂。如果不能不复杂，一定要我来，我是乐于从命的。再者也请告诉我，你们在布景和服饰上能花多少的钱。

一多问好

事实上一多在布景的绘图上尽了力，但是他没有到波斯顿来。来的是余上沅和赵太侔。余上沅是熟人，他是我们同船到美国来的，他的身份是教务处职员奉派随船照料我们的。他来到美国进入匹次堡戏院艺术学院，翌年到了纽约。赵太侔则闻其名而尚未谋面，一多特函介绍他给我们，特别强调一点，太侔这个人是真正的“a man of few words”，一个不大讲话的人，千万别起误会，以为他心有所愠。果然，太侔一到，不声不响，揎袖攘臂，抓起一把短锯就锯木头制造门窗。经过他们二位几天努力，灯光、布景、道具完全就绪。

我们为了慎重起见，上演之前作一次预演，特请波斯顿音乐学院专任导演的一位教授前来指点。他很认真负责，遇到他认为不对的地方就大声喊停予以解说。对演员的部位尤其注意，改正我们很多的缺点。演到蔡伯喈和赵五娘团圆的时候，这位导演先生大叫：“走过去，和她亲吻，和她亲吻!”谢文秋站在那里微笑，我无论如何鼓不起这一点勇气，我告诉他我们中国自古以来没有这个规矩，他摇头不已。预演完毕，他把我拉到一边，正经的劝我说：“你下次演戏最好选一出喜剧，因为据我看你不适于演悲剧。”话是很委婉，意思是很明显的。我心里想，《琵琶记》不就是喜剧么？我又在想，这一次真是逢场作戏，难道还有下次？

上演的那天早晨，麻省理工学院的一位丁绪宝先生红头涨脸的跑来说：“你们今晚要演出《琵琶记》，你们知道你们做的是什么事么？蔡伯喈家有贤妻而负义糟糠，停妻再娶，是一位道地的多妻主义者。你们把他的故事搬上舞台，岂不要遭外人耻笑，误以为我们中国人都是多妻主义者？此事有关国家名誉，我不能坐视，特来警告，赶快罢手，否则我今晚不能不有适当手段对付你们。”我们向他解释，我把剧本一份送给他，请他过目，并且特别声明我们的剧本是根据高明（则诚）的名著改编的。相传“有王四者，明与之友善，劝之应试。果登第，王即弃其妻而赘于不花太师家。明恶之，因作《琵琶记》以寓讽刺”。这样说来，《琵琶记》是讽刺。而且历史上的蔡中郎是怎样一个人姑不具论，单看高明写的蔡伯喈有怎样的谈吐：

“闲藤野蔓休缠也，俺自有正菟丝、亲瓜葛。”

“纵有花容月貌，怎如我自家骨血？”

“漫说道姻缘事果谐凤卜，细思之，此事岂吾意欲？有人在高堂孤独，可惜新人笑语喧，不知我旧人哭，兀的东床难教我坦腹！”

“几回梦里，忽闻鸡唱，忙惊觉，错呼旧妇，同问寝堂上。待朦胧觉来，依然新人鸳帏凤衾和象床。怎不怨香愁玉无心绪？更思想，被他拦当，教我怎不悲伤？俺这里欢娱夜宿芙蓉帐，他那里寂寞偏嫌更漏长！”

像这样的句子都可以证明，高则诚没有把蔡伯喈形容成为负心人。我最后声明，我是国家主义者，我的爱国心决不后人。丁先生将信将疑，悻悻然去，临走时说：“我们走着瞧！

晚上见!”这一整天我们心情很不安。

这一天是三月二十八日，晚间在波斯顿美术剧院正式演出。观众大部分是美国人士，包括大学教授及文化界人士，我国的学生及侨胞来捧场的亦不少，黑压压一片，座无虚席，估计在千人左右。先由在波斯顿音乐学院读书的王倩鸿女士致开会词，中国同学会主席沈宗濂致欢迎词，郭秉文先生演说，奏乐。都说了些什么，已不复记忆。上演之前还有这么多的繁文缛节，不愧为学生演戏。一声锣响，幕起。一幕，二幕，三幕，进行得很顺利，台上的人没有忘掉戏词，也没有添加戏词，台下的人也没有开闸，也没有往台上抛掷鸡蛋番茄。最后幕落，掌声雷动，几乎把屋顶震塌下来。千万不要误会，不要以为演出精彩，赢得观众的欣赏，要知道外国人看中国人演戏，不管是谁来演，不管演得是什么，他们大部都只是由于好奇。剧本如何，剧情如何，演技如何，舞台艺术如何，都不是最重要的，最重要的是那红红绿绿的服装，几根朱红色的大圆柱，正冠、捋须、甩袖、迈步等等奇怪的姿态……《琵琶记》有几个人懂得？包括我们自己在内？剧中原有插曲一阕，由赵五娘抱着琵琶自弹自唱，唱词阙，意思是由演员自己选择。结果是赵五娘用《四季相思》小调唱：

“少小离家老大回，乡音无改鬓毛催，儿童相见不相识，笑问客从何处来。”诗是唐朝的贺知章作的，唱的人赵五娘是东汉时人，这是多么显著的时代错误！事后也没有人讲话。

曲终人散，我们轻松愉快的到杏花楼去宵夜。楼梯咚咚响，跑上了一个人，又是丁绪宝先生，又是红头涨脸的，大家为之一怔。他走到我们面前，勉强的一笑，说：“你们演得很好，没有伤害国家的名誉，是我误会了，我道歉!”随后就和我们握手而退。这一握手，使我觉得十分快慰，丁先生不但热爱国家，而且勇于认错。翌日《基督教箴言报》为文报导此一演出，并且刊出了我的照片，我当然也很快慰，但是快慰之情尚不及丁先生的那一握手。

闻一多事后写信给我，附诗一首：

**实秋饰蔡中郎演琵琶记戏作柬之**

一代风流薄幸哉！钟情何处不优俳？
琵琶要作诛心论，骂死他年蔡伯喈！

# 忆新月

《新月》杂志是民国十六年出版的，距今已有三十多年，我对它的记忆已有些模糊不清。前些时在友人处居然看到了十几本《新月》，虽然纸张有些焦黄，脊背有些虫蚀，却好像是旧友重逢，觉得非常亲切，不知这几本杂志看到了我如今这老丑的样子是否也有一点伤感。

办杂志是稀松平常的事。哪个喜欢摇摇笔杆的人不想办个杂志？起初是人办杂志，后来是杂志办人，其中甘苦谁都晓得。《新月》不过是近数十年来无数的刊物中之一，在三四年的销行之后便停刊了，并没有什么特别值得称述的。不过办这杂志的一伙人，常被人称作为“新月派”，好像是一个有组织的团体，好像是有什么共同的主张，其实这不是事实。我有时候也被人称为“新月派”之一员，我觉得啼笑皆非。如果我永久的缄默，不加以辩白，恐怕这一段事实将不会被人知道。这是我写这一段回忆的主要动机。胡适之先生曾不止一次的述说："狮子老虎永远是独来独往的，只有狐狸和狗才成群结队！"办《新月》杂志的一伙人，不屑于变狐变狗。"新月派"这一顶帽子是自命为左派的人所制造的，后来也就常被其他的人所使用。当然，在使用这顶帽子的时候，恶意的时候比较多，以为一顶帽子即可以把人压个半死。其实一个人，如果他真是一个人，帽子是压不倒他的。

民国十六年春，国民革命军北伐到了南京近郊，当时局势很乱。我和余上沅都在东南大学教书，同住在学校对门蓁巷四号，我们听到炮声隆隆，看到街上兵荒马乱，成群的散兵游勇在到处拉夫抓车，我们便商量应变的方策，决定携眷到上海再说。于是把衣物、书籍装箱存在学校图书馆里，我们闯到下关搭船到了上海。学校一时无法开学，后来开学之后我们也不在被续聘之列，我们只好留在上海。我们到上海，是受了内战之赐。

这时节北方还在所谓"军阀"的统治之下，北平的国立八校经常在闹"索薪"风潮，教员的薪俸积欠经年，在请愿、坐索、呼吁之下每个月也只能领到三几成薪水，一般人生活非常狼狈，学校情形亦不正常，有些人开始逃荒，其中一部分逃到上海。徐志摩、丁西林、叶公超、闻一多、饶子离等都在这时候先后到了上海。胡适之先生也是这时候到了上海居住。

同时有一批批的留学生自海外归来。那时候，留学生在海外受几年洋罪之后很少有不回来的，很少人在外国久长居留作学术研究，也很少人耽于物质享受而留连忘返。潘光旦、刘英士、张禹九等都在这时候卜居沪滨。

上海是热闹的地方，究竟是个弹丸之地，我和上沅到了上海之后立刻就找到了我们所熟识的朋友们。我起先住旅馆，随后住到潘光旦家里，终于在爱文义路租到了房子。有一天遇到余上沅，他告诉我他也有了住处，可是地点尚未确定，这话说得有些蹊跷。原来是徐志摩、胡适之几位想要在上海办一个杂志并且开一爿书店，约他去代为经营，想物色一幢小小的房屋，楼下作为办事处，楼上由他居住。后来选中了法租界环龙路环龙别墅四号。

两个人办不了一个杂志，于是徐志摩四出访友，约集了潘光旦、闻一多、饶子离、刘英士和我。那时候杂志还没有名称。热心奔走此事的是志摩和上沅，一个负责编辑，一个负责经理。此外我们几个人对于此事并无成见，以潘光旦寓所为中心，我们经常聚首，与其群居终日言不及义，倒不如大家拼拼凑凑来办一个刊物，所以我们同意了参加这个刊物的编辑。上沅传出了消息，杂志定名为“新月”，显然这是志摩的意思，因为在北平原有一个“新月社”，新月二字是套自印度泰戈尔的一部诗《新月集》。泰戈尔访华时，梁启超出面招待，由志摩任翻译，所以他对新月二字特感兴趣，后来就在北平成立了一个“新月社”，像是俱乐部的性质，其中分子包括了一些文人和开明的政客与银行家。我没有参加过北平的新月社，那时候我尚在海外。一多是参加过的，但是他的印象不大好，因为一多是比较的富于“拉丁区”趣味的文人，而新月社的绅士趣味重些。不过我们还是接受了这个名称，因为这名称，至少在上海还是新鲜的，并不带有任何色彩。后来上沅又传出了消息，说是刊物决定由胡适之任社长，徐志摩任编辑，我们在光旦家里集议提出了异议，觉得事情不应该这样的由一二人独断独行，应该更民主化，由大家商定。我们把这意见告诉了上沅。志摩是何等明达的人，他立刻接受了我们的意见。《新月》创刊时，编辑人是由五个人共同负责，胡先生不列名。志摩是一团热心，不大讲究什么办事手续，可是他一团和气，没有人能对他发脾气。胡先生事实上是领袖人物，但是他从不以领袖自居。

《新月》出版了，它给人的印象是很清新。从外貌上看就特别，版型是方方的，蓝面贴黄签，签上横书古宋体“新月”二字，面上浮贴一张白纸条，上面印着要目。方的版型大概是袭取英国的十九世纪末的著名文艺杂志《Yellow Book》的形式。这所谓的《黄皮书》是一种季刊，刊于一八九四至一八九七年，内有诗、小说、散文，作者包括 Henry James、Edmund Gosse、Max Beerbohm、Earnest Dawson、W. H. Davis 等。最引人注意的是多幅的 Aubrey Beardsley 的画，古怪、夸张而又极富颓废的意味，志摩、一多都很喜欢它。《新月》模仿了《黄皮书》的形式，却很少人注意到，因为国内很少人看到过这《黄皮书》。假使左派仁兄们也知道有所谓《黄皮书》者，恐怕他们绝不会放过这一个可以大肆抨击的题目。

新月一伙人，除了共同愿意办一个刊物之外，并没有多少相同的地方，相反的，各有各的思想路数，各有各的研究范围，各有各的生活方式，各有各的职业技能。彼此不需标榜，更没有依赖，办刊物不为谋利，更没有别的用心，只是一时兴之所至。《我们的态度》一文，是志摩的手笔，好像是包括了我们的共同信仰，但是也很笼统，只举出了“健康与尊严”二义。以我个人而论，我当时的文艺思想是趋向于传统的稳健的一派，我接受五四运动的革新的主张，但是我也颇受哈佛大学教授白璧德的影响，并不同情过度的浪漫的倾向，同时我对于当时上海叫嚣最力的“普罗文学运动”也不以为然。我自己觉得我是处于左右两面之间。我批评普罗文学运动，我也批评了鲁迅，这些文字发表在《新月》上，但是这只是我个人的意见，我并不代表《新月》。我是独力作战，新月的朋友并没有一个挺身出来支持我，《新月》杂志上除了我写的文字之外，没有一篇文字接触到普罗文学。

提起普罗文学运动，需略加解释。一切的文学运动都是对于原来的文学传统加以修正的，总是针对当时文学之弊而加以改进。就是介绍外国的文艺思潮，也无非是供作借鉴，以为参考之用。而且文学运动总是以文学为主体，文学范围之内的运动。唯普罗文学则异于是，它突如其来，把传统文学的价值观念一笔抹煞，生吞活剥的把一些似是而非的哲学、政治、经济的理论硬塞进去，好像文学除了当做某些人的武器使用之外便无价值可言。这一运动还不是本国土生土长的，更不是自发自止的，乃是奉命开锣奉命收台的。我在《新月》上一连发表了几篇文字，如《文学与革命》《文学是有阶级性的吗?》《所谓文艺政策者》……我的主旨在说明文学的性质在于普遍的永久的人性之描写，并无所谓“阶级性”（见我的《偏见集》，正中二十三年版）。这几篇文字触怒了左派的人士，于是对我发起围剿。最先挺身出马的不是别位，正是以写杂感著名的鲁迅。鲁迅的文章实在是写得好，所谓“辣手著文章”庶几近之，但是距“铁肩担道义”则甚远。讲道理他是不能服人的，他避免正面辩论，他采用迂回战术，绕着圈子旁敲侧击，作人身攻击。不过他文章写得好，遂赢得许多人欣赏。老实讲，在左派阵营中还很难再找出第二个像他这样的人才。左派先生们是不大择手段的，像鲁迅的文字还算是比较光明的，像叶灵凤其人者，便给我捏造故事编为小说（见《现代小说》第二期），还有小报（自称为工人所办的小报）登些不堪入目的猥亵文字来污辱我，较比鲁迅当年的两颗黄色大门牙之被人奚落，其雅俗之分又不可以道里计。最可恼的是居然有人半夜三更打电话到我寓所，说有急事对我谈话，于问清我的身份之后便破口大骂一声而把电话挂断。像这一类的困扰，倒是颇有一点普罗滋味。

普罗文学运动，像其他的许多运动一样，只是空嚷嚷一阵，既未开花，亦未结果，因为根本没有生根。所以我提出“拿货色来!”的要求之后，连鲁迅也无可奈何的承认这是无法抵拒的要求。没有货色，嚷嚷什么运动？而货色又绝不是嚷嚷就出得来的。老实讲，文人对于劳苦的大众总是同情的，中外古今并无二致。“朱门酒肉臭，路有冻死骨”是杜甫的名句，好在里面有深厚的热情，对高官、贵人、豪商富贵的奢侈生活表示鄙夷讽刺，对饥饿的人民表示同情。但是杜甫上三大礼赋，前前后后之卑躬屈节的希求仕进，就不能赢得后人的尊敬。过去的文学家，靠了阿谀当道而青云直上、跻身庙堂者比比皆是，而他们的作品之流芳百世者，大概都是人世酸辛的写照。我们中国的近代社会，尤其是自从所谓帝国主义势力侵入以后，大多数的人民确是水深火热，真是民不聊生，而在上者又确实肉食者鄙。文学家尽可口诛笔伐，扶弱济倾，一吐其胸中不平之气，又何必乞灵于他人的文艺政策，借助于唯物史观？我在《新月》上批评了普罗文学运动，但是也没有忘记抨击浪漫的颓废的倾向。我的一篇《文人有行》便使得许多人感觉得不好受，以为我是在指责他。郁达夫便是其中的一个。郁达夫原是属于浪漫颓废一类型，但是很奇怪的是，他在《北新》半月刊里连载翻译辛克莱的《拜金艺术》，为左派推波助澜!《拜金艺术》是一本肤浅而荒谬的东西，但是写得火辣辣的，颇有刺激性，所以很时髦，合于左倾分子的口味与程度。

《新月》杂志在文化思想以及争取民主、自由方面也出了一点力。最初是胡适之先生写了一篇《知难行亦不易》，一篇《新文化运动与国民党》。这两篇文章，我们现在看来，大致是平实的，至少在态度方面是“善意的批评”，在文字方面也是温和的。可是那时候有一股凌厉的政风，不知什么人撰了“党外无党，党内无派”的口号，只许信仰，不许批评。胡先生说：“上帝都可以批评，为什么不可以批评一个人?”所以虽然他的许多朋友如丁瞉音、熊克武、但懋辛都力劝他不可发表这些文章，并且进一步要当时做编辑的我来临时把稿进行抽出，胡先生还是坚决要发表。发表之后果然有了反响。我们感到切肤之痛的是《新月》被邮局扣留，不得外寄，这一措施延长到相当久的时候才撤销。胡先生写信给胡展堂先生抗议，所得的回答是：“奉胡委员谕：拟请台端于×月×日来京到……一谈。特此奉陈，即希查照。此致胡适之先生。胡委员秘书处谨启。”这一封信，我们都看到了，都觉得这封信气派很大，相当吓人。胡先生没有去，可是此后也没有再继续发表这一类的文字，这两篇文章也不见于现行远东版《胡适文存》中。我写了一篇《论思想统一》，也是主张思想自由的。这时节罗隆基自海外归来，一连串写了好几篇论人权的文章，鼓吹自由思想与个人主义，使得《新月》有了更浓厚的政治色彩，引起了更大的风波。先是以胡先生为校长的中国公学，平静的校园里起了涟漪，由本校学生组成的党的区分部行文给本校校长，指责他应在礼堂里悬挂总理遗像，应在纪念周宣读《总理遗嘱》。后来中央通令全国大专学校设党义研究室，大学教职员必须研究党义。各大学都遵命成立党义研究室，里面陈列着应该陈列的书刊。有多少人进去研究虽不可考，我们几个人确是受益不少，利用这难得的机会，更进一步研读了一些不应该不读的书刊。胡先生对于人权的观念是很简单的，他的出发点只是法治精神与人道主义，并没有任何党派主张或政治意味。我记得最初触起他的有关人权问题的注意者，乃是报载华北唐山某一老百姓被地方官吏殴辱的故事。他认为这不是偶发事件，这是全国到处皆然的，他认为这种“一朝权在手，便把令来行”的态度是要不得的。我又记得，胡先生编了一本

《宋人话本八种》，由亚东出版，里面有一篇《海陵王无道荒淫》。巡捕房认为有伤风化，径予没收。胡先生很不谓然，特去请教在英国学过法律的郑天锡先生，知道“没收”是附带处分，如果被告没有罪刑，便不应该发生附带处分的可能。可见胡先生是非常注意法律程序的。

有关人权问题的文字一共有十几篇，后来印成了一个小册子，名为《人权论集》，由新月书店出版，现已绝版。

说到新月书店，也是很有趣的。我们一伙人如何会经营商店？起初是余上沅负责，由他约请了一位谢先生主持店务。谢先生是书业内行，他包办一切。后来上沅离沪，仍然实际上由谢先生主管，名义上由张禹九当经理，只是遥领，盖盖图章而已。书店设在闹区之望平街，独开间，进去是黑黝黝的一间屋子，可是生意不恶。这书店的成本只有四千元，一百元一股，五十元半股，每人最多不能超过两股，固然收了“节制资本”之效，可是大家谁也不愿多负责了。我只认了半股。虽然我是书店的总编辑，我不清楚书店的盈亏情形，只是在股东会议听取报告。《新月》月刊每期实销多少我也从来不知道。不过我们出了不少书，有些书留下很清晰的印象。

胡先生的《白话文学史》是新月书店出的第一本书，也是最畅销的一本书。像他的《中国哲学史》一样，只有上卷。《白话文学史》写到唐朝为止。他的主要目的是在说明白话文学是古已有之的，是中国文学里的传统之一。后来他又出版了他的《四十自述》，其中一部分是在《新月》月刊上发表过的，他现身说法提倡传记文学。我们遗憾的是他写到四十为止，以后没有续写下去。但是这个遗憾是可以弥补的。胡先生有一部伟大的日记。他的《留学日记》是大家所熟悉的，一个人在学生时代能有那样丰富的日记，是很不寻常的，他的头脑之成熟比一般人要早一二十年以上。胡先生于这部《留学日记》之后，一直从不间断的在记日记。有一天，我和徐志摩到他家里去（上海极司菲尔路），他不在家而楼下适有他客，胡太太吩咐我们到楼上书房里去坐。志摩是闲不住的，进屋便东看西看，一眼看到书架上有一大堆稿子，翻开一看，原来是日记，写在新月稿纸上（这种稿纸其实原是胡先生私人用的稿纸，每页二百五十字，空白特多，甚为合用），写得整整齐齐，记载着每日的活动、感想等等，还剪贴了不少的报纸资料，不仅是个人的日记，还是社会史料。我们偷看了一部分之后，实在佩服他的精力过人，毅力亦过人。胡先生说：“这是我留给我的儿子们的唯一的遗产，要等我死后才能发表。”我们希望能在不太久的将来看见这一部伟大的日记出版。胡先生还有一本《庐山游记》，这小册子被常燕先生评为“玩物丧志”，胡先生很不服气，他说：“我为了一个塔写八十字的考证是为了提供一个研究的方法。”是的。胡先生后来写了几百万字考证《水经注》，据说也是为了提供一个研究方法。

徐志摩的作品在新月出版的有《翡冷翠的一夜》《巴黎的鳞爪》《自剖》《卞昆冈》等。闻一多的《死水》也是新月出版的，这一本诗集曾发生很大的影响。志摩和一多的诗，有人称为“新月派”，也有人谥为“豆腐干式”，他们是比较注重“形式”，尤其是学绘画的闻一多，他不知道除了形式还有什么美。他们都有意模仿外国诗体，当时是新诗的一大进步。有人常把朱湘也列入“新月派”，事实上朱湘与《新月》毫无关系。年青一辈的陈梦家、方玮德在《新月》月刊上初露头角，后来在《诗刊》里占比较重要的地位。《诗刊》是月刊，志摩主编，记得只出了三四期。

潘光旦在新月出了好几本书，如《小青之分析》《家庭问题论丛》《人文生物学论丛》。光旦是社会学的一位杰出人才，治优生学，头脑清楚，有独立的见解，国文根底好。

我在新月出版的书有：《浪漫的与古典的》《文学的纪律》《阿伯拉与哀绿绮思的情书》《潘彼德》《织工马南传》《白璧德与人文主义》等。

此外新月出版的书之我留有印象的，如：陈西滢著《西滢闲话》，凌叔华著《花之寺》，陈衡哲著《小雨点》，邢鹏举译《欧卡珊与尼珂莱》，徐志摩、沈性仁译《玛丽玛丽》，余上沅等著《国剧运动》，余上沅译《可敬的克莱登》，伍光建译《造谣学校》《诡姻缘》，顾仲彝译《威尼斯商人》，刘英士译《欧洲的向外发展》，费照鑑著《现代诗人》，陈西滢译《少年歌德之创造》，陈楚淮著《金丝雀》，赵少侯译《迷眼的沙子》等。沈从文常给新月写小说。我不记得有没有单行本。

到了民国十九年，新月的一伙人差不多都离开上海了。闻一多本来不在上海，十九年夏他到上海来，我们两个应杨金甫邀，赴青岛参加正在筹备中的国立青岛大学。胡先生和志摩都到北大去了，上沅也早就到了北平。《新月》杂志在罗隆基编辑之下逐渐变了质，文艺学术的成分少了，政治讨论的成分多了，这是我们始料所不及的事。书店在光旦的长兄潘孟翘先生强勉支撑中也不见起色。所以胡先生有一次途经青岛时，便对我们说起结束新月的事，我们当然也赞成，后来便由胡先生出面与商务印书馆王云五先生商洽，由商务出一笔钱（大约是七八千元）给新月书店，有这一笔款弥补亏空，新月才关得上门，新月所出的书籍一律转移到商务继续出版，所有存书一律送给商务，新月宣布解散。

这便是新月的源源本本。一伙人萍踪偶聚，合力办一个杂志开一个书店，过三四年劳燕分飞，顿成陈迹，只是回忆的资料而已。有多少成绩，有什么影响，自己也不知道。胡先生最喜欢引佛书上的一句话："功不唐捐"，意思是"努力必不白费"，有耕耘即有收获。这收获究竟在哪里呢？回忆之际，觉得惶惑不已。

新月一伙人现在台湾者，除我之外，还有刘英士先生和叶公超先生。

编者按（传记文学出版社 1988 年版）：此文中提到的潘光旦著《小青之分析》，再版时改名为《冯小青》；《家庭问题论丛》改为《中国之家庭问题》。至于沈从文为新月写的小说，有三种单行本，即《阿丽思中国游记》一卷二卷，《好管闲事的人》和《蜜月》。再者，新月书店最初是在望平街，一年后迁到四马路中市九十五号。

# 略谈《新月》与新诗

《新月》创刊于一九二八年三月十日，共出了四卷，每十二期为一卷，停刊于一九三三年六月，实际共出了四十三期。编辑的任务我独力担任过八期，与朋友合编过八期。我写过三十几篇文字。所以我略知一点有关这个月刊的事情，虽然那已是距今四十多年的往事，记忆已经有些不太清楚。在台湾，我只一度略为翻阅过黄得时教授所藏的最初十册。我手头并无任何其他可供参考的资料。

《新月》是一个综合的刊物，一般思想与文艺并重。胡适之先生是白话运动的前驱者，虽然他在《尝试集》以后不大写新诗，但是偶然作一两首短短的诗，而且他对新诗的发展一直很感兴趣，他自己知道他不是诗人，他头脑太清晰，分析得太明白，比较的长于写散文。他理智太强，对于诗也始终要求以“明白清楚”为基本的要素。诗，不能停留在“明白清楚”的地步，只能以“明白清楚”为基础的一项，于“明白清楚”之外还要进而讲究文学修饰之美，追求境界之高超以及情感表现之深邃。胡先生的诗，的确是明白清楚，有时也颇有风致，但是他的资质与主张把他拘束住了。《新月》所刊出的诗篇数量不小，胡先生从来不加批评，他本着“但开风气不为师”的主张静静的旁观。可是，他看到当时一些晦涩神秘的作品便摇头叹息，有时候忍耐不住还要谥之为“笨谜”（其实诗就是近于谜，不过不应该笨而已）。就我个人而论，我大致上接受胡先生的理论，不过我认为还不够，要在胡先生的理论之外再进一步去探求诗的奥义。所谓晦涩的诗是指哪些人的作品，则胡先生从不提名道姓。据我所知，那是一般相当流行的作风，最早开其端的大概是李金发。他的诗大概是受法国的象征派诗人的影响，我不大看得懂，可是我的朋友闻一多说：“你自管看不懂，他的诗里有东西。”我问他是什么东西，他又说不出来。此外，徐玉诺的诗也相当的古怪。稍后梁宗岱介绍法国人梵乐希的《水仙辞》及其他，并宣扬德国人李尔克的诗论，更像是激其浊而扬其波。我记得我在《诗刊》上写过一篇文章，对于这一趋势加以批评，我特别的举出了林徽音女士的一首诗为例；后来我见到林女士，她有容忍的雅量，不以为忤。《新月》上发表诗作的人以徐志摩、闻一多为最具代表性。这两位诗人对中国旧文字有相当根柢，对英美近代诗也有相当的认识，所以他们写的诗一方面继承胡适先生所开创的白话诗作风，一方面复引进了模仿英美诗的尝试。在整个新诗发展过程中，《新月》的诗是一进步，但也只是若干企求进步的分子中之一。

徐志摩是极为浪漫而有风趣，今日读其诗犹可想见其为人。我忆起有一次在胡先生家里集会，志摩迟到，他进得屋来，便从袖里掏出一件东西给大家看，原来是一具小小的木制的棺材，长约四五寸，红漆烁然。棺材是不吉之物，但是缩小的袖珍的尺寸，便很玲珑乖巧。打开棺盖，里面装有香烟十数支，志摩乃举以敬客。大家都很欣赏这个香烟盒，使人想起浪漫诗人拜伦还有一个人头骷髅制造的酒杯。真乃无独有偶，也算是一种“死的提醒物”（Memento Mori）吧。志摩的诗一部分得力于哈代，在格局上模仿的痕迹明显，但是他没有哈代的宿命论的哲学。知志摩最深者莫若胡适之先生，胡先生曾说过志摩一生中的信条只有一个“爱”字。这就是唯情主义。他的诗都是抒情的，对于遣词用字他都肯用心，不是随随便便的大白话，故往往有浓丽之美，而不能出之于自然。最初刊印的《志摩的诗》还是在摸索的阶段，《翡冷翠的一夜》《猛虎集》则是他的成熟之作。布雷克的《猛虎》一诗的翻译是他的得意之作，虽是翻译，但他认为他体会了原诗的精神，他表达了原诗的力量，他朗诵这首诗给我听过，伸出他的特别大的巴掌作猛虎之攫拿状，痛快淋漓。

闻一多也是浪漫派，不过比志摩沉郁一点，没有志摩的轻灵。影响一多最深的英诗人是伯朗宁、吉卜龄、济慈等人。他一方面注重音节，一方面喜欢典雅繁缛。志摩的诗以灵感见长，一多的诗以功力胜，我曾戏言谓“今之李杜”。

二人有一共同点：他们都想建立新诗的形式。凡是艺术，没有不重形式的。绝句、律诗都是固定的形式，词、曲尤为讲究形式。如今的白话往往只是白话，不能成为诗。西洋的“自由诗”、“散文诗”，只是一种变体，不足为训。以中国语文模仿西洋诗，在技术上有困难，因为中文是单音节。一多一度试验，在诗行中不以字为音节的单位，而以词为单位，每行三个或四个词甚至五个词，读起来就有节奏，同时写起来也力求整齐，印出来方方的一块。有人讥之为“豆腐干体”。其实绝句、律诗若是分行印出来，便是“豆腐干体”。新诗印成豆腐干形，又有何妨？不过这一试验，由一多倡导，饶子离、朱湘、陈梦家等也参加此一尝试，结果并未成功通行，实因这种写法的基本原理仍是西式的，不谙英语、英诗的读者仍难领略到其中的节奏。中国单音文字的节奏仍需要有赖于单字的平仄才能表现出其抑扬顿挫。旧体诗尽管可以不必再写，旧体诗的音乐性不是可以由白话诗所能轻易设法取代的。

朱湘很有才气，可惜很早就跳江而死。他和《新月》没有什么关系，因为在《新月》之前就在北平和闻一多弄得不愉快。他口口声声要打倒“偶像”闻一多，一多写信给我说他是“疯狗”。两个人积不相能，当然不能算是《新月》的一分子。饶子离在诗方面成绩不恶，在上海做过一阵市府秘书，抗战后在四川青城山上学道，不知所终，他的诗没有专集行世。闻一多最赏识的两位青年诗人，一个是方玮德，方令孺女士的侄儿，不幸早故；另一个是陈梦家，最初写诗楚楚有致，后来转到甲骨文方面的研究，著有成绩。这两位年轻诗人，是志摩很依赖的《诗刊》的生力军。《诗刊》只出了四期，是在一九三一年左右发刊的。那时我和一多在青岛，《诗刊》的集稿由志摩一手包办。《诗刊》虽然寿命不长，它是继北平《晨报·诗镌》而来，和《新月》月刊都是一脉相承的。这时候还有一位孙大雨，他写诗气魄很大，态度也不苟且，他给《诗刊》写诗，好像还写过一首很长很长的诗，这该是第一次长诗的出现。孙大雨还译过莎士比亚的《琅耶王》，用诗体译的，很见功力。

《新月》月刊以相当的篇幅刊载新诗，写诗的人也慎重其事的全力以赴，想给新诗打一点基础，但是成就有限，仅在新诗发展过程中留下一点涟漪。超越了早期白话诗的形态，这一点做到了；写令人能懂的诗，不故弄玄虚，不走晦涩的路子，这一点也做到了。可是距离建立新诗的典型，还差得远。我觉得《新月》努力的方向是正确的，既不附和象征派的晦涩怪诞的作风，复无视于左派之口号叫嚣的嚷嚷斗斗。《新月》发刊词所揭橥的“尊严与健康”，亦正是《新月》一批人对于新诗的主张。

我以为，中国人用中国字写新诗给中国人看，不能完全抛弃中国旧诗的传统。胡适之一开始就不愿用“文学革命”的字样。他只说“文学改良刍议”，“文学革命论”是陈独秀的口号。胡先生对一切都主张一点一滴的改良，不赞成革命。旧诗是已到了需要改革的时候，但是胡先生常说初期白话诗如解放的小脚，嫌其不够自然，这比喻并不太确切。小脚如真的彻底解放，或脚根本不缠，那岂不是恢复脚的原状？文学是前进的，不能恢复以前的状态。文学随着时代进展，必定随时代以新的姿态出现。用白话写新诗便是新姿态！这一潮流无法遏止。不过我们有理由要求新诗写得更像样些。如何能使新诗更像样，不是官方的文艺政策所能奏效，亦不是文学批评家的意见所能左右，完全要靠诗人们自己的努力创作。旧诗做不下去，要做新诗，但新诗仍然要使用旧诗的若干技巧，这才是一条正确发展的路线。新诗人要读旧诗，要能写旧诗，然后他写出的新诗才能更进一步。在台湾写新诗的不少，我看像余光中、夏菁、痖弦、周梦蝶、叶珊、罗青等诸君子，他们的诗作较前人迈进一大步，不仅有新诗意，在文字技巧上一面吸取西诗，一面保存中国旧诗的优点，新诗之最后到达成熟阶段也许是已经微露曙光了吧？

# 华北视察散记

## 一　我们六个人

民国二十九年一月，我在四川北碚，接到国民参政会秘书处通知，要我参加“国民参政会华北慰劳视察团”。这一视察团的组织是根据国民参政会第一届第四次会议的一个决议案，其任务为“宣达中央意旨，慰问军民，并视察军民状况及其他文化、宣传、交通、经济等事项”，并赋权议长组织之。当时的议长就是蒋介石先生。议长核定该团组织规则九条，并于二十九年一月指派李元鼎、邓飞黄、梁实秋、卢前、于明洲、余家菊六人为团员，以李元鼎为团长，邓飞黄为副团长。我接到这通知之后，犹豫了一阵，复函婉辞，秘书长王雪艇先生来书劝促。我自抗战以来，只身南下，辗转入川，所谓共赴国难只是虚有其名，实际上是蛰居后方，徒耗食粮，真正的是无补时艰。如今有机会到华北前线巡视一遭，至少可以看看华北一带军民的实际状况，可以增长见闻，总是有益之事，所以我终于接受了这一指派。

我们预定行程，是由重庆到成都，经宝鸡到西安，赴延安，入山西，访郑州，而经洛阳、南阳以至宜昌，遵水路返回陪都。这一行程包括了整个的华北前线在内，预定需时两月。现在我先介绍我们六个人。

团长李元鼎先生，这时候适在陕西原籍，我们到了西安才看到他。他是年逾古稀的一位老者，貌清癯，留着稀疏的几根胡须，手持着一根旱烟管，风度潇洒而和蔼近人。我记得他自我介绍说："我是陕西人，我的家乡和于右任先生故里是邻近的，俗语说'十陕九不通，一通就成龙'，哈哈，我们陕西没有人才。"几句话说得又诙谐又自负。我们在西安勾留数日，每晚都有机会听李先生讲荤素笑话。李先生是审计部长，一点官僚习气都没有，具备陕西人特有的古朴、傲岸的作风。

副团长邓飞黄先生，字子航，是湖南桂东人。此人短小精悍，为人厚重。他从前曾在冯玉祥幕中，故与旧西北系军人颇多相识。他幼时清苦，在北师大读书，后赴英国深造，有新式的政治头脑。旅中朝夕同处，上下古今无所不谈，深知他是一个开明的人，对于时事诸多不满。他喜太极拳，清晨脱衣练拳，无间寒暑。有一天雪后风寒，他打完拳回来，头上热气上升，汗涔涔下，他对我说："身体是最重要的本钱，无论要做什么事，先要保住这一笔本钱。"我至今服膺他这一句话。团中诸事实际上是由他主持，任劳任怨而气度恢弘，故能使全体合作无间。

卢前先生，号冀野，南京人，他在南京东南大学读书时我就和他相识。他胖，很胖，能诗能文能曲能唱，而又滑稽突梯，而又健谈，而又广交游，而又喜欢狂吃狂饮。在川时难得吃到活鱼，饮宴遇到烹鲜，辄除其小帽起立鞠躬，对着鱼头轻呼"久违了！"于是动手取食，如风卷残云，几根山羊胡子都沾上了鱼汁鱼刺。遇到烤鸭时则下手扭断鸭颈，连头带颈而大嚼。黄酒三五斤，能立罄无醉意，谈笑自若，旁若无人。席上有冀野，则无不欢乐。他是吴梅教授的弟子，善度曲，对于词曲一道之爱好无以复加。曾为国立编译馆编刻《全元曲》，雇刻工，监督刻版，成若干种，不幸于胜利后停顿未竟全功。但已有《饮虹簃》刻曲六十一种行世。在华北途中，每至一处，不免登临古迹，晚间回到旅舍就看到冀野摇首吟哦，撰小令一首，以纪其事。他才思敏捷，能出口成章，而词意稳切。朋友们半开玩笑的送他一个绰号曰“江南才子”。在我的朋友当中，没有一个人比他更像莎士比亚剧中的孚斯塔夫（Falstaff）。抗战时他任职于国立编译馆，和我同事，时相过从，兼任国立礼乐馆的礼仪组主任，尝自谓“礼失而求诸野”，因自额其书斋为“求诸室”。冀野风流自赏，实在他是一个忠厚善良的人，像他这样类型的文人，如今已不可多得。他参加本团工作，为我们的寂寞旅途平添无限情趣。

余家菊先生，字景陶，湖北人，是教育学专家，早年著有《国家主义的教育》一书，为青年党领导人之一。余先生勤于治学，著作丰富，特立独行，不肯俯仰随人，外圆内方，君子人也。患目疾甚剧，常策杖而行，咫尺之外常不能辨识人物。善医，常自处方煎药。我在途中看到他不只一次的开药方。冀野常揶揄他说：“公医，公疾，公自医，公薨。”他也不以为忤，一笑置之。他经常长袍一袭，自奉甚俭，不失书生本色。

于明洲先生，东北人，我不知道他的经历，听人说他是在东北办党务的人员。最奇怪的是，我们长途行旅共同起居几有两月之久，我们没有变得更熟一些。于先生有晚睡晚起的习惯，好几次大家登车待发，于先生尚在盥洗未毕。在这次行旅中他显得最孤独。

最后是我自己。我是在都市中生长大的人，虽然也曾奔走四方，但是从未深入民间，没有体验过民间疾苦，在人生经验上可能我是比较最贫弱的一个。所以我这次踏上征途之后，遇有比较吃苦的任务，总是自告奋勇的参加，未敢自逸，无非是想多得一点阅历。对政治我一向有兴趣，可是自从抗战军兴我就不曾继续写过政治批评的文字，理由很简单，现在是一致对外的时候。国民参政会之成立也正是基于这个理由。我这次视察归来，参政会副秘书长雷儆寰先生对我说："没想到你们清华毕业、留学生出身的人也能有如此的表现!"是夸奖的话，但是想到清华毕业、留学生出身的人平时给人家以什么样的印象，真是不胜惶悚。

除团长李元鼎先生外，我们五个人于一月三十日自重庆出发，一辆破烂的大汽车停在秘书处门口，照料我们上车的是雷儆寰先生，他的高大的身躯和爽朗的声音好像是给我们不少的鼓舞的力量。我们除了六个团员之外，还有秘书刘仰山，干事余策源、王有家、张微星，书记于振翩。而最不可以忘记的是工友卢水山，他是从前在军中跟随过邓子航先生的一名马弁，他是途中照料我们的极得力的一个人。别的不提，单说他的打铺盖卷儿的本领就令人叹服。我们每夜要摊开铺盖卷儿，早晨要捆绑起来，他的手脚利落，一霎间就整理得井井有条。我至今不能忘记他的姓名和他那修长结实的身躯。我们为什么要带这样多的随从人员，我也不晓得，大概官方组织非如此声势浩大不可。

我们搭乘的这辆汽车，也是不能令人忘怀的，是标准的抗战汽车，烧的是酒精，也许是柴油，走起来噗噗的响，阵阵的喷黑烟，车身唏哩哗啦的乱颤。每人一个铺盖卷儿、一只手提皮箱，高高的堆在车中间，人分两旁坐下。司机旁边的座位是唯一的雅座，当然是副团长的宝座。这辆车随时随地可以抛锚，所以预计两天到成都，可是谁也没有把握。

一声令下，我们上了征途。像奇迹一般，整天没有抛锚，当晚到达内江，下榻中国银行。经理是我的老学长孙祖瑞先生，他请我们出去吃饭，盛情可感。所谓下榻，实际上并没有榻，是大家集体睡地板。不过地板确是很平稳的，所以也很舒服，尤其是在车里摇滚了一天之后。一夜无话——

不，也还有一点穿插：余景陶先生夜半如厕，归来时找不到房门，绕室三匝，不得其门而入，最后入得门来又钻错了被窝。

由重庆到成都这一条公路很特别，路基特别高，原来是预备修铁路用的路基，因军阀割据之故弃置不用，改成了公路。国家不统一，一切建设不易成功，此为一例。

车过内江，开始抛锚，到达成都附近已是夜晚。由山陵地带俯瞰成都平原，一片灯火，蔚为壮观。成都有“小北平”之称，不但地势平坦，房屋街市亦略有北平规模。在成都我们休息两天，拜会地方长官，主要的是为接洽车辆。行营主任贺国光将军以盛筵招待，宴后招瞽者唱“道情”。所谓“道情”，原是散曲之一种，我只看过郑板桥作的道情，却未听人唱过。瞽者敲着竹筒，声调激亢，虽然听不出词句的意义，看他唱得有声有色，亦不觉为击节动容，而且负鼓盲人的风致，也古朴得可爱。有一晚李幼椿先生设宴招待，用名厨“哥哥传”，是“姑姑筵”的嫡传，当然菜色甚精，主客尽欢。不过细察其烹调方法，精细则有之，特殊则未必，大抵仍是淮扬一派作风，一般川菜莫不皆然。成都小吃夙负盛名，如吴抄手、赖汤圆之类，则皆因时间关系过门而不入。武侯祠我们去瞻仰过，远望胜过近观，“丞相祠堂何处寻，锦官城外柏森森”，浓密的一片柏树林确是气象不凡，内部规模平平，和大名垂宇宙的诸葛并不相称。其他如浣花溪的草堂寺以及薛涛井，我都是亟想一观的。但因团体活动，时间有限，失之交臂。为同人所泥，在少城公园倒盘桓了半天之久，不能不说是憾事。

## 二　闻道长安似弈棋

我们从成都匆匆出发，目的地是西安。我们乘的是一部军用大卡车，当然是上了年纪的，而且是什么世面也都见过的，唏哩哗啦的向东北绝尘而去。

颠簸了一天，夜宿绵阳。绵阳古称绵州，在涪江西岸。我们读杜诗，记得杜工部送严武入朝，曾在此地的江楼饮宴唱和，现有杜公祠堂在此，可是我们没有功夫去参观。绵州的“大曲”也是有名的，我们也没有兴致就地品尝。一觉睡到天明，听到鸡鸣，我披衣外出如厕。这时候残月在天，寒霜满地，走在小桥上，可以听到一层薄霜咯吱咯吱的响，我登时想起了温飞卿的名句“鸡鸣茅店月，人迹板桥霜”，无意中在此得到了印证。“古今胜语，多由直寻”，这样的句子必是由实际体验而得。当时那一派荒凉、清苦的景象，使我久久不能忘，是艺术模仿自然，还是自然模仿艺术，似乎不易分辨出来。

从绵阳前进，山势渐陡，渐入佳境。在梓潼一带，有参天松柏夹道矗立，有人指点说这是“张飞柏”。是谁种的无法考证，看那苍龙蜿蜒的姿势，总该是几百年前旧物。树的大小和北平中山公园的柏树林不相上下，但是因为生在大山旷野，饱受风雨摧残，枝干显得更欹斜古怪一些。迫近剑阁的时候，汽车开始了我们想象中的正常的表现，三步一停，五步一歇，到达剑阁时干脆抛锚。本想一气到广元，结果是一天的途程分两天走。但是我们沿途有了比较充分的流连风景的时间。到剑阁时已薄暮，剑阁县城外只有一条狭窄的街，崎岖难行，是县城最热闹的所在了，经警察指点，要住得舒适些，只有进城去借住国民学校的教室，这不是我们所愿的，于是就在城外找了比较最大的一家小店，门前有“未晚先投宿，鸡鸣早看天”字样，这一联是《西游记》里的句子，在四川普遍使用，词虽鄙陋，但是朴素得可爱。我们确实是“未晚先投宿”了，司机趁此大修车机。我们走进小店，我和邓飞黄分得一室，进得屋来第一桩事是派卢水山去买纸糊窗户，因为窗户有棂而无纸，在这“壁立千仞”的地方，凉风飕飕，油灯无法点燃。倦极而寐，忽被床下鼾声惊醒，我唤起我的同伴，他也茫茫然，于是点起灯来一照，原来是一头大肥猪在床下酣睡，我们对店家说好说歹才算把猪请了出去。

“惟天有设险，剑门天下壮”，这剑门关就在剑阁北三十里。所谓“一人荷戟，万夫趑趄”，确是很好的形容。其实不仅剑门一处如此，我们横越巴山山脉，所见削壁叠嶂，目不暇给，其险其壮似乎只有在山水画中的《蜀道图》约略见之。看了这一带的风景之后，可以体会到一部分中国山水画的布局以及皴法都是相当写实的，并非全是臆想虚构。这一条道路，已经不像李白《蜀道难》所说的“朝避猛虎，夕避长蛇”，但亦不像方孝孺《蜀道易》所说的“操舟秣马，夕往而朝还”。我们的汽车一路服服帖帖，穷一日之力而达广元，再一日而抵汉中。

由汉中到宝鸡，要翻过另一座大山——秦岭。《史记》说“秦岭，天下之大阻也”。韩退之吟得“云横秦岭家何在，雪拥蓝关马不前”的时际，大概也还视为畏途。山的气势是雄伟的，但不峻险。我们到达宝鸡的时候是将近午夜，而且又值阴年除夕，很不容易的找到一家澡堂下榻。在北方内地旅行，住在澡堂里算是比较舒适的享受。听澡堂主人说只能供给我们清汤挂面，我便独自溜到街上，黑茫茫中在铁路边遥见一灯如豆，就在一间草棚里，和一群铁路工人同桌吃了三十个热腾腾的韭菜馅水饺，这是我生平最快意的一次年夜饭。第二天一清早搭乘火车前往西安。突然间坐上火车，别是一番滋味。

在西安我们住进西安招待所，北地苦寒，所以第一桩事就是置冬装。我定做了一件灰布棉外套，其厚无比，又买了一顶飞机驾驶员用的带毛的皮帽子。有了这样的装束，我就可以心安理得的在前线出出进进了。西安是好多朝代的都城，气象自然不凡，城墙很整齐，街道也很宽敞，就是人少，有一股说不出的荒寒之气。有一次赴彭昭贤先生宴，乌鸦晚噪，声大无比，院里几株大树上黑压压的一片全是乌鸦，真是一幅“古木寒鸦图”。又有一次赴张伯英先生宴，院子里廊檐下全是一些古碑断碣。这都给人以萧瑟之感。

我们到达西安之后，团长李元鼎先生也来了，开始展开工作。我们先向蒋鼎文将军献旗，再向胡宗南将军献旗，我们遗憾的是，胡将军称病未能亲自接见我们。听说胡的部队是中央军队最精锐的一部分，装备也特别精良，我们很想能瞻仰他的丰采。

献旗是例行工作，我最感兴趣的是我们预定的延安之行。延安是个神秘的地方，有人视为不堪一击的一个窟穴，也有人视为“圣地”，更有些多事的外国记者为之渲染。中共的军队改编为八路军，至少在名义上是国军的一部分，我们视察慰劳华北军民自然不能把延安遗漏。我个人更想亲自看看共产党控制下的地方究竟是什么样子。有一次，我在重庆和刚自延安访问归来的左舜生先生谈起，他告诉我一件小事，他说延安没有官僚气，任何衙门没有岗卫，老百姓可以昂然直入和官员谈话。左先生是反共的人，由他口里说出的这样的话是很能引起我的兴趣的。现在我有机会访问延安，当然高兴，于是我们拜访驻西安的八路军办事处。办事处的一位副处长是不久以前在北大毕业的，他认识我。我从北碚来时，还携带了俞珊女士托我设法转交给她弟弟俞启威（后改名黄敬）的一封私信。这位副处长告诉我俞启威在河北打游击，信可以设法代转，于是我把信交给了他。我们的谈话很融洽，他答应转报延安，为我们洽商行期。我们在旅寓等候了好几天，接到重庆转来毛泽东致参政会电，电文大概是这样的：

> 国民参政会华北慰劳视察团前来访问延安，甚表欢迎，惟该团有青年党之余家菊及拥汪主和、在参政会与共产党参政员发生激烈冲突之梁实秋，本处不表欢迎。如果必欲前来，当飨以本地特产之高粱酒与小米饭。

我们研究电文，颇感困惑。我和余家菊是不受欢迎的，但是又答应给我们高粱酒与小米饭吃，不知是什么意思。于接到重庆的指示之后，我们集议决定放弃延安之行。对于我个人来说，是很大的损失，因为我不得亲眼看看那一边的实在情况。

我们到西安西边的咸阳去参观“劳动营”。咸阳是有名的地方，秦始皇的陵寝在那里，阿房宫的遗址也在那里，但是我们没有功夫去凭吊，只遥远的展望了一下埋葬秦始皇的一座大土丘！咸阳在渭水北岸，一片沙砾黄土，景象荒凉。劳动营就是集中营，主持人是蒋坚忍将军。据说里面集中受训的人有两种，一种是各地知识青年奔往陕北在半途中被截留来的，一种是从陕北出来准备到各处工作的知识青年在半途中被截留来的，数目我已不记得，大约是以千计的。营里面实施军事管理，整齐清洁，尚无虐待情事，设备当然是谈不到。我看他们睡觉的地方就是在地上铺块席子，泥砖作枕头，我心里还是很难过。我们被安排与几位学员代表谈话，当然未能深谈，但已可发现他们精神是愉快的，他们有笑脸。这样多的青年被关闭在一个营地里，是一件不寻常的事，而且是一件悲惨的事。我是一直在学校里教书的人，经常与青年接触，“不满于现状”的情绪到处弥漫，其中有很大一部向往陕北，但是现状越来越令人不满，危险越来越大，而朝野上下没有根本解决的办法，咸阳劳动营能收多大的围堵的效用呢？胡宗南将军几日之内即可收复陕北的豪语，以及咸阳劳动营的设立，使我对于未来华北的阴影深抱隐忧。谁都感觉到山雨欲来，谁都知道这不是单纯武力所能解决的问题。

华清池不能不去巡礼一番。池在临潼，在西安之东不远，风景无足观，但泉水极佳，清莹透底，热得有一点烫。后山坡上一块岩石刻着“浩然正气”四字，一行人等都忙着在那下面拍照，不知大家是否都会想想西安事变之前因后果。华清池的庭园布置颇为俗恶，一点也没有保存我们中国的园林之曲折掩映的妙趣。倒是途经灞桥，虽然一片荒凉，可是那座七十二孔的破桥，岸上那株衰柳，还依稀留着一点情调，令人生出思古之幽情。西安城南之终南山，我们并未深入，所以没能发现其中有什么“钟灵毓秀，宏丽瑰奇”之处。半路上探视武家坡传说中之王宝钏的窑洞，洞在西安东南十二里的曲江池畔，只是土坡上掘成的几个破窑，窑门口有一副对联：

十八年古井无波，为从来烈妇贞媛，别开生面。

千余载寒窑向日，看此处曲江流水，想见冰心。

里面四通八达，面积倒也不小，供着王宝钏、薛平贵的泥塑像，香火缭绕，俗不可耐。慈恩寺之大小雁塔是唐玄奘建，据说从建筑学的眼光看，此塔有独到之处。后来进士们于杏园宴后到此题名，说起来是儒林佳话，其实是可嗤的陋行。碑林是大可观赏的地方，可惜这时候大部分石碑上都糊了泥土，为防敌机轰炸之故，我们空走一遭，精品全没看到，但是看到了于右任先生早年书翰数通摹勒石上，字大不逾寸，豪放之中有妩媚，我觉得比他的大字还好看。碑林外面卖拓片的很多，价奇昂。对于这种“黑老虎”，我未敢问津。

在西安盘旋一周，陕北之行既作罢，我们打算派代表进入山西会见阎锡山先生。经联络之后，知道路途难行，阎先生亦来电劝阻，我们便决定东发，一部分过黄河进入中条山，一部分先到洛阳守候。就这样，我们结束了西安的七日之旅。

## 三 跃马中条

我们在西安遇到李兴中将军。他刚从中条山下来，从他口中我们得知中条山形势的大概，所谓“九沟十八坡”，大起大落，山势颇为险峻，除骑马外别无其他交通工具。我听了之后惶惶然，因为我只骑过驴，没骑过马。但是我已经自告奋勇要参加中条之行，只得前进，不能退缩。

从西安乘火车至华阴，改乘军用大卡车至阕底，绕过潼关，因为敌人自风陵渡隔河炮轰潼关，火车不易闯过。这一段路好生难行，既非山路，亦非平原，说它是山路则根本不见一块岩石，说它是平原则明明高岗深谷令人目眩，只有一片黄土，两辆卡车过处，黄尘滚滚，不辨咫尺。这种黄土断崖只有黄河沿岸见之，没有一株树，没有一棵草，全是黄土泥。一天走下来，鼻、口、耳、眼全都灌进了黄土，最大的享受是一盆热洗脸水。但是最令人难忘的景象是匍匐在黄土道上的零零落落的伤兵，我们匆匆一瞥，随后他们就消逝在黄尘弥漫之中。我们清楚的看见，伤兵脸上的颜色是白蜡一样，胳膊、腿细得像直棍，衣裳当然是又脏又破。这些伤兵显然没有受到照顾，实在令人惊讶，后来听到一些军中人员讲起，抬一个伤兵到后方，需要四个人的力量，所以比较轻伤而有痊愈希望者便设法抢救回去，伤重而无生望者便顾不得了。不知所说有多大的真实性，无论如何，总是很惨！

从阌底又搭上火车，到陕县，邓飞黄、卢冀野和我三个人下车准备进入中条，其余的几位直赴洛阳等候我们。陕县是个小地方，我们在专员公署休息片刻之后便徒步走向河边。途中经过一个小镇，有一家门口贴着红纸招贴，我好奇的走过去一看，只见上面写道："捷报恭喜贵府大少爷高中本县第一中学第八名及第……"像这样的捷报我看见有好几张。时在民国三十年，居然还能看到类似儒林外史里所描写的景象！

我们走到黄河边，横在前面的滚滚浊流声势浩大，焦黄的泥水拍在焦黄的泥岸上，发出不断的澎湃之声。这时候天是阴沉沉的，大风过处又挟带着黄沙，可见度不高，曚昧暧曃之中显着异常的凄凉。我不禁想起古诗《箜篌引》：

公无渡河，公竟渡河！堕河而死，当奈公何！

寥寥十六字活画出一出渡河的悲剧。不身临黄河边，便不易体会出这首诗的气氛。正指顾间，一声欸乃，一艘木船不知从哪里窜了出来，船夫一面摇橹一面呼唤，那呼声很细弱，但是很凄厉。这时候，岸上遥遥出现一队人，担着大筐小篓络绎而来，原来是一些伙夫，担着的是鸡鱼蔬菜，其中有一个说了："今天为什么买这么多东西?"另一个说："司令部又来了什么客人。"另一个说："中央来的!"事后证明这些东西就是给我们吃的，慰劳前方者反被前方慰劳！中条山上没有什么出产，"伯夷叔齐饿死于首阳之下"，首阳山即雷首山，亦即中条山，可见自古以来就是挨饿的地方，到如今一切补给还要从河南送去。这艘木船是长方形的，齐头齐尾，宽宽大大的，所以斜岔里向上游行驶，再斜岔里向下游漂送，很稳的到达了对岸上自古有名的茅津渡。

登岸后就看见一簇人马在迎接我们。我们每人分得一匹马，都是些矮小的战马，鬃毛粗乱，浑身泥土，但是都精神抖擞，大有“哀鸣思战斗，回首向苍苍”的气魄。冀野踏蹬上马稍为费一点事，一个马夫很难的把他推上马背。大家都骑上了马，有人开始拍照，分拍、合拍，然后才前呼后拥的结队前进。起先由马夫牵着马走，随后就由自己掣着缰绳。我骑的一匹马很好，踯躅嘶鸣，意气俊逸，我觉得很是愉快。走着走着到了一片池沼，水不深，所以马涉水而过，但是马夫要绕路而行。冀野离了马夫即已六神无主，他的那匹马可怜负载过重，气喘汗流，一见水便低头饮水，冀野向前一扑抱住了马颈怪声大叫。这一叫，不打紧，他的马惊了。一马惊逸，所有的马跟着飞奔。我只觉得耳畔风声呼呼，好像是要腾骧于四极之外。这时节冀野早已滚鞍落马。我两腿夹紧马腹，手里握紧缰绳，风驰电掣一般向前冲去。邓飞黄在后面高呼：“不要紧，放松缰绳！”我放松缰绳，无效。他在军队里工作过很久，骑马是常事，应该有些经验，但是不大功夫，扑通一声他也从马上滚了下来。后来据他说是自动放弃坐骑的。我一马当先，越跑越快，当时心想辜鸿铭所译的那篇《疯汉骑马歌》，其实那汉不疯，是马使得他狼狈不堪而已。使我格外着慌的是前面的一片酸枣林，密密麻麻，在里面驰骤需要不时的俯在鞍上躲避那多刺的树枝。最后遇到一条沟堑，马一跃而过，而我却飘飘摇摇的落在沟里了，头一昏，眼一黑，什么都不知道了。醒来时只见大家围绕着我，我浑身酸痛，一瘸一拐的随着大家步行前进。那几匹惊逸的但是识途的马早已返还了营部，营部的人一看这几匹背上无人、鞍辔不整的马飞奔而至，心知不妙，派人出来营救，把我们迎到营部。

在营部睡了一夜，浑身骨骼好像是散了一般。这是在中条山之麓。头一天在平地就出师不利，我们颇为丧气，不知入山之后又当如何。翌晨出发，营部官长特别体贴，给冀野预备了一匹骡子，据说这骡子脾气最好，力气又大，脚步又稳，任重道远，非它不可。不料这骡子又高又大，无论如何冀野爬不上去，后来爬上路边巨石，站在石头上才一步跨上鞍。他块头太大，踞在鞍上格外显着头重脚轻，走起来摇摇晃晃。入山后不久，他就面色铁青，大汗淋漓，两腿抖颤得像肉冻，随行人员发现后喊停。我们三个人席地会商，一致决议，派两名卫兵护送冀野返还营部，然后单独渡河先去洛阳，我和飞黄继续前行。冀野舍了骡马，徒步走了回去，五步一歇，十步一停，好容易走到营部，原来招待我们过夜的房屋是暂借来的，此际早已还给乡民了。

“九沟十八坡”毕竟名不虚传。山与山不同，有的山是层峦叠嶂，有的山则深岩邃谷，有的多嶙峋怪石，有的擅林泉之胜，中条山全不是这样。中条山是一座包着黄土泥的大山，偶然看见一些岩石，不大看见树。我们上坡骑马，一步一步的向前拽，下坡就要揪着马尾巴一步一步的往下溜。沿途看见不少失足堕涧的死马。这时候是隆冬天气，北风怒号，砭人肌肤，戴上皮帽子就汗流如注，摘下皮帽子就汗滴成冰。路边偶然有一片枯黄的半截的草茎，大风吹上去发出尖锐的啸声，所谓“急风劲草”，大概就是这个景象。

骑行一天，精疲力竭，好容易挨到了师部所在地的郭原，这是一个小小的村庄。师长姓张，忘其名，福建人，面削瘦黝黑，久历戎行，经验甚丰。他的司令部设在一个窑洞里，这窗洞与武家坡的那个不同，这个是在山壁上挖出来的，从外面看门窗户壁俱全，完全像是普通房屋，里面甚为深邃，当然黑暗一些，但是据说冬暖夏凉。时值新春，山中乡民嬉戏，有锣鼓声，数十人在广场上列队游行，有二人执国旗前导，不是青天白日旗，而是红黄蓝白黑的五色旗，真是“不知有汉，遑论魏晋”！

过一天继续前进，山势愈陡。两腿在鞍上摩擦过久，皮肤淤血，后来血涔涔下。舍骑步行，则膝盖如针刺。沿途休憩，耽误不少时间，眼看着日暮崦嵫，而前途茫茫。大家鼓勇趱路，翻过一坡又一坡，几次下坡时连人带马一齐滑溜，幸喜及时稳住，一失足便不堪设想。暮霭苍茫中迎面忽然人影幢幢，一队人马之中还有两部很特殊的轿子，是把硬木制的太师椅捆绑在两根大木棍上，由四人肩抬着，是集团军司令部派来迎接我们的。我由马上移到太师椅上，那份舒适真不可以形容。但是我心里又难受起来，太师椅本身很重，木棍又粗，抬的人实在吃力，昏黑中一脚高一脚低的奋步疾走，吁声、喘声和踏枯叶声织成一片，走不远就换一回班。一轮明月在松树林后升起，松干像是铁栅栏。忽听得几只喇叭吹出了欢迎的调子，俄而两排士兵夹道举枪，原来我们已抵达了集团军司令部所在地的望原。

总司令孙蔚如将军，陕西人，原隶杨虎城麾下，身躯魁梧，而谈吐儒雅。席间把酒畅谈，感慨万千。据他相告，当局有令，重武器一概不准过河，孤军远戍，不能发生什么作用。天气清朗时，从望原即可遥望连城附近敌人建筑的飞机场，有时还可以看到飞机起降，但是无可奈何。我们既不能出击，又未必能固守，一切给养全要由河南接济，形势自然令人苦闷。我看士兵用膳，全是干饭，没有喝稀饭的，这是差堪欣慰的一件事。

由望原前进可抵曾万钟部所在地，因时间不许，翌日循另一小径下山。直趋另一渡口，过河至会兴镇上火车赴洛阳。在过河之际得睹一奇景，在木舟上观看砥柱山。据《水经注》说："昔禹治洪水，山陵当水者凿之，故破山通河，河水分流包山而过，山见水中若柱然，故曰砥柱。"像是矗立在水中央的几根大石笋，在那里兀立不动。从前只知道"砥柱中流"四个字，现在看见了实景。

## 四　郑洛道上

洛阳自古是帝王都，所以古迹甚多，但大都芜没，也就显着十分敝坏，兵马倥偬之际益发荒凉。市区狭隘，站在城中四下一瞥，全城景色尽收眼底。《世说新语》所说潘岳

“少时挟弹出洛阳道”，那情景简直不可想象。倒是西工一带地势宽敞，当年吴佩孚开府洛阳驻节于此，鹰扬虎视，气象不凡。我们抵达洛阳之后第一件事，就是向当地最高军事长官卫立煌将军赠旗。地点就是西工。

卫立煌将军是战区司令，面团团，短小精悍，留着一撮短髭，穿着一双马靴，脸仰着的时候多，但偶然也有笑容。这是我所有的全部印象。在赠旗的那一天，西工大操场上搭起一座高台，悬挂着布帷，大风吹得布帷噗噜噗噜的响，台上是受旗的卫将军和我们团员，台下是密集的队伍。一切进行如仪，但是中间也有小小的纰漏。主席邓飞黄不知为了什么缘故读《总理遗嘱》时突然忘词，我在旁提词三数次才得勉强完成这一节目。此行赠旗十余次，以这一次为最尴尬。

赠旗任务达成之后，另一任务就是到郑州一行，自告奋勇的仍然是邓飞黄、卢冀野和我三个人。三月三日，大雪初霁，我们率领随员侍卫分乘两辆军用卡车东行。起初是一路观赏风景，颇不寂寞，尤其是遥望北邙山，虽然未能“陟彼北邙”，但也不免心伤，不禁想起沈佺期的诗句：“北邙山上列坟茔，万古千秋对洛城。城中日夕歌钟起，山上惟闻松柏声。”生死存亡成一鲜明对照，真可令人发一深省。石崇金谷园的遗址未能凭吊，但是在白马寺却停留了一下。汉明帝时，摩腾竺法兰自西域以白马驮经而来，舍于此，故名白马寺。这是中国最早的僧寺，现在只剩下几块地基石在荆棘丛生中约略可辨而已。过偃师时，望见嵩山。车过巩县，渐形崎岖，路上积雪甚厚，上坡下坡时汽车不住的吼哮颤动，有时候需要我们下车推送。猛然间，车轮陷在一条充满雪泥的辙道里，车轮空转而车身不动，大家束手无策。遥见山岗上有一茅屋，我踱了过去，里面有一老者，屋里有锅灶之类，像是卖饭所在。我正饥肠辘辘，问他有什么东西可以充饥，他说："挂面。"挂面之外就只有盐。盐水煮挂面也很不错，但见老者拾起脸盆就往外跑，因为此地无水，他需要跑到一个比较雪深未融的地方去取雪，把雪煮成水之后才能煮面。雪液烹茗，文人雅事，雪水下面，闻所未闻。雪水是混浊的，煮出面来可想，但是饥者易为食，也很满意。食毕，但见汽车旁边挤满了人，原来侍从的人们已找到了当地的保甲长，征调了几十个老百姓牵着他们的耕牛而来。一头头的耕牛用皮带子紧在车轴上，一个人高高站在汽车顶上。一声吆喝，长鞭一挥噼啪作响，几十头牛连同几十头牛的主人一齐往前拽，汽车于撼顿颠踬之中居然前进无阻。这样行了一程，才算脱险。苦了那群乡人，在保甲长的逼迫之下毫无报酬的每人流一身臭汗踏两脚烂泥！原来计划当天就可以到达郑州，抵汜水时即已天黑，觅得一家澡堂勉强过了一宿。

郑州可以说是当时最前线的一个据点。驻守郑州的是集团军司令孙桐萱将军，他本是旧西北军韩复榘的部下。郑州的形势很特殊，按理应该是最紧张的一个地方，但是相反的，由于种种微妙的关系，那地方成为走私的孔道之一，市面相当繁荣。走私的人有不寻常的身份，横行无阻。饭馆、戏班、妓娼、鸦片烟，整套的呈现在我们眼前。是什么力量屏障着这畸形的繁荣？主要是我们的那一条黄河。在敌人长驱西进的时候，我们在花园口炸开了黄河的堤防，这一个决口使得黄河在豫东泛滥，淹没了好几县，一向为患的黄河这一回建立了殊功，阻止了敌人的侵略。在战略上讲，这是绝对正确的措施；在执行的时候，是否尽了最大的努力以期减少这一地区人民的生命财产的损失，是否尽了最大的努力以安抚流亡，那是另一问题。黄河水挡住了敌人的铁骑，却挡不住无孔不入的走私客。走私货的大宗是外国香烟。我们到了郑州之后就被招待去参观花园口的黄河口处，吉普车行一小时余而达。只见一片汪洋，浩浩荡荡，横无际涯，看不见一个屋顶，看不见一株树颠，徘徊无语，愀然久之。

我们在郑州受到最豪华的招待，下榻处是铁路饭店，每人分配到一栋独立的小洋房，彼此不得交谈，反倒觉得寂寞。据招待人员说，和我们同时到达郑州的有一位声势显赫的主管水利的大员，司令部打算为我们合并举行一次欢迎晚会，我们期期以为不可，婉言谢绝。其实对于这位大员，我们素昧生平毫无恩怨，只是听说此公从前治黄时，曾捉得一条水蛇当做龙王供奉，腾笑朝野，在其他方面也没有好的口碑，所以我们觉得其人可嗤，羞与为伍。晚会虽未合并举行，但是我们还是接受了单独的一场盛大招待，主要的是一场河南梆子戏，戏唱得很好。不过偌大的戏院里，主客各据一张八仙方桌，此外便全是席地而坐的士兵，我们有如坐针毡之感，而且有些耳目声色之娱，放在一个理应“刁斗昼夜惊”的地方，也令人心里不安。

在郑州盘桓两三日，只遇到一次空袭警报，我们步入了很单薄的掩蔽体，结果是空中发现一架侦察机，虚惊一场。临去时孙桐萱将军送给我一顶俘获的日军钢盔，戴在头上分量很重，里面还染有血渍。这是抗战期中我所有的一项最有意义的纪念品。这一顶钢盔后来我在一次义卖中捐献劳军了。

从郑州回到洛阳之后，我们还有几天闲暇，正好游览名胜。洛阳之南有洛水、伊水。横跨在洛水之上的是有名的天津桥，汉唐以来代有修缮，我所看到的则是近年补葺的，桥面上铺着木板，桥栏也是一副寒伧相，但是想起邵康节天津桥上散步闻杜鹃，还是不禁神往。再南行至伊阙，伊水过处，两崖对峙如阙，故名。此地形势甚佳，庙宇亦多，有所谓龙门十寺，游观之盛以香山为冠。我们在西崖遥望，可以看到香山寺，那是白居易与僧如满结香火社处，据说上面有香山居士墓，可惜我们未能攀登。西崖是龙门龛，大小洞窟不计其数，伟大庄严不及云岗，但是玲珑透剔为云岗之所不及，而且到处有文字刻石。云岗没有碑刻，直到后来日本学者搜查窟顶才略有发现；龙门石刻早已天下闻名。我小时候的习字帖就有“龙门二十品”在内，号称魏碑，全是些北魏时代的造像记述文字，如杨大眼魏灵藏之类，或则沉着劲重，或则端方峻整。我总嫌其刀斧痕太重，不喜临摹。现在我到了龙门，所有精品均早已被人挖去，劫余残迹，一片凄凉。

## 五 从卧龙冈到长坂坡

从洛阳南行，经叶县，这虽是个小县分，但东通漯河，是华北沦陷区与后方之间的交通大道，所以相当繁华，沿途所见尽是满载旅客的柴油车在黄尘滚滚中吼哮着行进。我们下车打尖，眉发皆黄。薄暮时抵南阳。

南阳这一区域，号称宛属，在河南是世外桃源。据说这地方做到了路不拾遗、夜不闭户的地步，没有土匪骚扰，百姓乐业，人户丰赡，至少我亲眼看到各地的路途非常整洁，绿树成荫，路面平坦，路旁很少荒地，人民脸上也较少菜色。这治绩应归功于一位传奇性人物别廷芳。我们到南阳的时候别廷芳早已故世，他的儿子在继续着做宛属的事实上的统治者，他的名义是别动队司令。这样一个民团组织的领袖人物竟发挥出无比的影响力量，远不是一般的正式的地方军政长官所能梦想得到的！这道理在哪里，是颇值得深思的。听说别廷芳有一句口号："人不离枪，枪不离乡。"这就是保境安民的思想，也就是在恶劣环境中逼出来的一种无可奈何的思想。

南阳是汤恩伯将军驻节的地方，我们到达的时候据说正值公出。招待我们的是警备司令孔繁×将军，他送了我们每人一份岳飞书诸葛武侯前后出师表的拓片，《后出师表》是否武侯所作，字是否武穆所写，都没有关系，总是有意义的纪念品，而且字迹龙飞蛇舞，亦颇不俗。在等候汤恩伯将军的时候，我和邓飞黄又有唐河之行。

唐河在南阳东南，在颠簸的路上走了半日始达，访孙仿鲁（连仲）将军于其司令部。所谓司令部，就是几间租用的农村的民房，简单朴素之至。可是我们很高兴，因为这才像是一个在前线作战的将官所应有的指挥所。勇敢善战的孙将军有北方人的高大体格和朴实的性格，而且保持了西北军的优良传统——不扰民。他麾下的伤兵没有被遗弃在战场上的，但是从不动员民众来做抬架的工作，都由士兵们自己担任，这一件事值得大书特书。孙将军的司令部有一项极出色的设备，那就是浴室。他有洗澡的癖好，无论走到哪里都设法布置洗浴的方便。唐河没有自来水，于是在室外高高装起两只木桶，内储冷水热水，室内水龙头扭动即有冷热水汩汩而出。室内裱糊一新，四白到地。手巾完全消毒，用纸包好。尤奇者是有两名河北定兴县的工人专司搓澡修脚，手艺之精无以复加。这一大奢侈，司令部中高级官员均可享受。

我们抵达后，浑身灰尘，孙将军就要我们入浴。我起初谦逊不遑，实际上也是在乡村中不敢轻易尝试；经一再敦促，才敢从命，竟得到出发以来所未曾有过的舒适的洗浴，至今不忘。西安的珍珠泉（澡堂）、临潼的华清池，都不能给我以更深刻的印象。

我们翌日回到南阳，只剩下游览可做了。先是逛街，无足观，驰名的南阳玉，都是些乌黑墨绿的货色，而且珞珞如石，既无玢豳文理，复少莹拂之功，我国手工艺之江河日下，此其一例。卧龙冈在城西南七里，相传是诸葛亮结庐隐居之处，我们当然是要去一看，虽然我们明知诸葛高卧隆中应该是在襄阳而不是南阳。所谓卧龙冈，气势确是不凡，一片平原突然隆起一条土冈，长约百丈，高约三两丈，不懂风水的人也会觉得此地钟灵毓秀，饶有奇气。不过按照《大清一统志》所说的什么发脉于嵩山，蜿蜒数百里至此而蟠结的话，我一点也看不出来。因为明明的是一条土冈，根本谈不到脉。冈上有庙，入口处有石坊，榜书“千古人龙”四个大字。是一个道士庙，庭院湫隘，烧香的、求签的以及卖饮食的小贩都应有尽有。道士出来奉茶，语言无味，俗不可耐。最令人忍俊不住的是旁院的刘备三顾茅庐的塑像，完全是按照皮黄戏里的模样塑造，羽扇纶巾的孔明坐在小小的茅庐里，刘备长揖不起，恼煞了外面的张飞，他满面愠怒之色！塑像还涂了鲜明的油彩，更增加了庸俗的气氛。一个大名垂宇宙的人物，其相传结庐之处竟变成这样的情况，没有一点肃穆清高的情趣。祠内有几副楹联，颇有趣。一云：

一心在先帝后帝，何必问襄阳南阳？

又云：

巾扇任逍遥，试看抱膝长吟，高卧尚留名士迹。
井庐空眷恋，可惜鞠躬尽瘁，归耕未遂老臣心。

再一联云：

立品于莘野渭滨之间，表读出师，两朝伟业惊司马。
结庐在紫峰白水之侧，曲吟梁父，十载风云起卧龙。

不知何人手笔。

由南阳南行，入湖北境到老河口。老河口据汉水之滨，是一商旅重镇，李宗仁将军坐镇于此。我们为了赠旗得有数面之雅，他在应对之间显得是近于木讷敦厚的类型，没有给我们特殊的印象。

再南行到襄阳。在此我们不曾歇宿，可是我看到了一个奇景。黄昏时候，在城外步行，听得江水呜咽，半涸的河床之中仍有激湍，两岸全是沙砾，落日欲没，斜晖照着对岸樊城的城垣，那城垣上的雉堞并未圮毁，清清楚楚的衬映在一片绚烂的夕阳之下，这一幅又鲜明又冷漠的图画永远不能在我心头磨灭。襄阳城是冷清清的，真像是一个“鬼城”。不知道这城里的人都到哪里去了？“襄王云雨今何在，江水东流猿夜声”，可怜如今猿也没有了。偶在道边见有农人发掘，有甚多铜器出土，青绿斑斓，不似赝制。我以二元代价购得铜镜一面，径三寸许，有螭虎蟠腾的图案，翻制甚精，是明宋间物。这是我华北视察之余，行囊中惟一购置之物。

再往南行到快活铺，是张自忠将军驻防处。他的司令部设在一间民房内，是真正的“茅茨不剪，采椽不斲”的民房。他请我们吃了一餐最简单而又招待最殷勤的饭，四盘菜一个火锅，或以青菜为主，或以豆腐为主，其中亦有肉片肉丸之类点缀其间，尤其豪华的是每人加一枚生鸡蛋放在火锅里煮。我们吃得满头冒汗，宾主尽欢。这是我们出发以来所受到的最真诚最朴素的招待。张将军有一个高高大大的身躯，微胖，推光头，脸上刮得光净，面色略带苍白，一套灰布棉军服，没有任何装饰。他不善应酬，可是眉宇之间自有一股沉着坚毅之气，不是英才勃发，是温恭蕴藉。当晚我被引进一间民房睡觉，一盏油灯照耀之下，只见屋角有一大堆稻草，我知道那就是我的睡铺，而且是既暖和又松软的睡铺。夜里听见炮声响，是敌人隔河放炮，怕我军月夜偷袭之故。第二天冰霰纷纷，寒风刺骨，我们在一个扩大了的打谷场上召集千把名士兵，行赠旗礼，没有乐队，只有四只喇叭，我还奉命讲了几句话，我很激动，力竭声嘶。礼毕，张将军率队肃立道旁送我们登车而去。

从快活铺西南行，途经荆门，遥遥看到群峰插天。李元鼎先生在车上低声诵起“群山万壑赴荆门”之句。其实那是指荆门山，不是荆门县。荆门县还体会不到“群山万壑赴荆门”的意境。车到当阳县东北，地形陡变，土色是黄红色，冈陵起伏，坡度不高而坡幅甚大，下坡时汽车关上油门，长驱直下，有一泻千里之势。这样的坡不知经过了几个，路旁有亭翼然，我们停车休息，看见亭内有碑一座，上面有四个大字：“长坂雄风”，我们才知道这就是历史上著名的长坂坡。不禁想起当年张翼德“拒水断桥，瞋目横矛”的景况。车过当阳，不久就抵达宜昌，陆上行程至此到达最后一站。三月十七日乘船西上，归返重庆。

溯江西上，在我是第二次。这一次船大人少，得以饱览三峡景色，尤其是经过滟滪堆、瞿塘峡的时候，断崖蔽日，激濑奔腾，迎面下驶的木船摇旗鸣锣，生恐浪沉，真是险象环生。我们在船上的几天虽然舒适，亦甚忙碌，忙写报告。我们从各地带回的资料甚为丰富，爬梳整理颇费斟酌，大部分撰写工作是由邓飞黄和我分任之。

# 附录一
# 《草儿》评论

## 一

闻一多君既把《冬夜》评论了一番，我想《草儿》在中国新诗坛上的地位，及所遗下的恶影响，都不在《冬夜》以下，故此也决不容轻轻放过。

艺术的批评家实在是负着两重责任，一方面要指示艺术创作家以成功的途径，一方面更要领导艺术鉴赏家上正当的轨道。我这篇评论，对于后者要特别注重。往往最不合艺术原则的作品，反倒是最时髦，最能流行一时。一般鉴赏家炫于其新，不暇按其究竟，妄信盲从，非陷于不可救药不止。即以我国新诗坛而论，几无一人心目中无《草儿》《冬夜》者，后起之作家受其暗示与传染者至剧；《冬夜》吾不再论，若以《草儿》比于我国新诗坛之先驱者，则诚有待于一般批评家为之重新估定价值之必要。现在几乎没有一种报纸、杂志，不有几首新诗，而又几无一首是诗，其鄙陋较之《草儿》更变本加厉了；若一一引而评之，势有未能，所以溯本探源，把始作俑的《草儿》来评一过，实在又是擒贼擒王的最经济的方法了。

《草儿》早已出世了，而评者寂然！我看着诗坛的陋风太猖獗了，险象已成，于是再不能待。——牺牲了午睡的时光，来做这篇评论。

书生事业无多许，
二寸毛锥老未休！
——放翁

## 二

《草儿》全集五十三首诗，只有一半算得是诗，其余一半直算不得是诗。我先把这些不是诗的诗，检出几个极端代表的例。

《别北京大学同学》是一篇很沉痛的演说词。决不是诗。康君自己也曾在序里注明：“于是追译来今雨轩底席上演说使成行子，以泻忧思。”假如“使”散文“成行子”便算是诗，——想来：“使”诗句联续写起来也就是散文了——那么诗同散文的分别只在形式，宁非奇谬！看啊：

我们想，
所贵乎做同学的应该怎么样？
不是说要互劝道德，互砥学问，互助事业么？

这是什么样的演说口吻啊！若说这首是演说，或者是尽善尽美；若收入诗集，则直是鱼目混珠，应该怎样的被诅咒啊！《植树节杂诗》的末首：——

谁说颐和园不是我们自己的？
我们纵承认私有财产是对的，
难得不记得当年海军经费六千万支消在那里么？

艺术品所祈求的是美。读者试把右三行低吟曼歌，觉得出用意的美么，声调的美么？此外带着演说气的词句，也就不遑枚举了！

为什么演说词不是诗呢？诗的主要的职务是在抒情，而不在说理；演说恰反是。人的精神活动，理智与情感是有反对性的。有时情感经过理智的分析，便烟消火灭了；诗人大半是情感胜过理智的。所以诗里最忌的是冷酷严厉的说理的词句，因为如此适足以减少诗的情的成分。英诗人勃雷克痛恶理性，谓之为“各个神圣分子的谋杀者；”即至最低限度，诗人也决不该赞颂理性的。所以诗里之不该发议论，演说之不成为诗，亦就成永不可易的原理了。《白石道人诗说》以为“说理要简”；清人叶燮的《原诗》以为“可言之理，人人能言之，又安在诗人之言之？……”则犹是退一步的调和说。像《草儿》里成本大套的演说词，分成行写便名为诗，恐怕没人能承认罢！

**我们不能承认演说词是诗。**

再看《醉人的荷风》直是《礼拜六》里的一篇小说了！我不愿拿道德批评文艺；但只看见它的形式材料，写法，实在不像诗。譬如：“她的姿态是很婀娜的而她的装饰却是很朴素的”，这就是小说的写法了，诗人绝不肯这样客观的老实的平铺直叙。诗人所要写的不是婀娜的姿态与朴素的装饰，是他对于婀娜的姿态与朴素的装饰所生的感觉，由感觉引出的情感。原来诗的成就，即是以情感为中心的。

这首里动作很多，这又是合于小说而不像诗的地方。例如：

> 栏上过来了我们这样欢笑的少年。她随便看了一看我们，自己觉得有些不好意思，就立起身来走动；背地长叹了一声，慢慢的出门上船去了。

几乎句句是动作。若当作诗赞，可谓毫无所得。大凡吾人赏鉴一件艺术品，尤其是特别注重情感的诗，欲求其能引起我们的强烈的情感的共鸣，以至于到了“入神”的状态，则必须先要求我们的感觉的集中；而欲感觉的集中，则又岂是几句潦草浮泛描写动作的句子所能奏效的呢？在小说里，可就又不然了。小说家是把情感掺杂在有动作的事实里，非若诗之直接的赤裸的以情感相见。所以这几句描述动作的话，在小说里或者不致犯大毛病，而在诗里则是野狐禅了。

《一封没写完的信》标题与体裁更是短篇小说所特备的

了，诗意也极薄弱。

**我们不能承认小说是诗。**

诗是不宜于纪事的，纪事的文字也犯不着用诗的体裁。除了真正的叙事诗 Epic 以外，诗是可以说是专为抒情的。游赏名山大川，看到奇景妙境，因而触动情绪，原是很自然的事，所以自古登临的诗也颇有佳作。对着伟丽的自然本应发出自然玄妙的调子来。

但是若有情绪作诗，无情绪也作诗，以为非有诗则虚此一游，那么，势必至于写成一本“日记”。无情可抒，只好写景：景写尽了，只好纪事，旅游之中，原有很多琐杂的事可纪的，——但是纪出来，就成“日记”了！李时雍“诗境总论”说：“叙事议论，绝非诗家所需，以叙事则伤体；议论则词费也！”

《草儿》中如《庐山纪游》三十七首、《日光纪游》十一首、《西湖杂诗》除了一部分是写情写景以外，简直是康君的一本私人“日记”了!《日光纪游》的第一首：——

于是有寿椿有日葵有俶新有彦之有白情，熟路底老

朋友有善徵，

我们一道儿去逛日光去。

我们一火车直坐到日光驿。

这是何等简洁妥当的一段“日记”！

我们一溜烟便穿遍了东照宫；

一溜烟又走过了二荒山神社；

一溜烟又看完了宝物馆。

这又算得是诗么？

伊苏旅馆还很周到的，

我们便住下了。

真称得起纪游的“纪”字！真是无事不纪！诸如此类的地方太多了，兹限于篇幅不能一一加以指摘；但是还有一节，不能不特为评论一下。《庐山纪游》第九首是完完全全一段记述的文字——我若为这首另题一个专名，必题作《蔡苏娟访问记》。若像康君这样硬把这段充作《庐山纪游》三十七首的一“首”实觉不大妥当！

后来我又问了她些庐山底事。

后来她又问了我些北京大学男女合校底事。

后来她又许我送我的书。

后来我又许她介绍她和我底朋友研究宗教学的江绍原通信。

后来我要走了。

这许多烦琐的个人的通常交际，也能算得是诗？不过按照康君的见解，也许是以为这本非诗，然而已写“成行子”了，还不是诗么？哦！我还忘记了这首的最后两句：

只有这艺术化的牯岭配住艺术化的她；
只有艺术化的她配住这艺术化的牯岭。

这是康君在《蔡苏娟访问记》末所发的议论！

再看《西湖杂诗》末首

德熙去了；

少荆来了。

少荆去了；

舜生来了。

舜生去了；

葆青绛霄终归在这里。

不禁使我想起范晞文《对床夜语》的几句话："诗用古人名，前辈谓之'点鬼簿'，盖恶其为事所使也!"假使康君引用的这几个芳名，尚未做鬼，则可谓之"点名簿"了！不过也许有人以为康君是义山流亚，善用人名，那么，请看《三十日踏青会》：

——男男女女都到了（男的四十六人，女的二十五人）。

敌：魏：王：陈：薛……共七十一人。

这还不是鲜龙活跳的一本点名录吗？

《草儿》里的纪事文字太多了。占了全集大半；内中薄有意致的地方也并非绝对的没有，可就又是此大半中之小半了！（例在后面再举）。

**总之：我们不能承认记事文是诗。**

人们的情感，不是全可以入诗的，要经过一番滤清的手续。这滤清的标准是以艺术的美为极则，而不是什么判定善恶的道德说所能上下左右的。至于专以道德为骨子所构成的“诗”，并无丰美的情感的分子在内？或凭理性为工具所敷成的“诗”，并无微妙的想象分子在内，那么，这种作品绝不能算是诗，只可算是格言，或狭义的格言——座右铭。

试看《草儿》里的《律己九铭》，顾名思义，已然可见是与诗的意义判不相侔。再看内容：

每到吃饭的时候，
想想你这顿饭吃不吃得值得？
每到睡觉的时候，
想想你今天的事做完了没有？

如厕是早起后第一件大事；

不要背我以恬天下后世；
不要工具天下后世以奉我。

再看看这一段：

石门晨门说：
“是知其不可而为之者欤?”
孔丘说：
“其为人也
发愤忘食，
乐以忘忧，
不知老之将至云尔。”

比《尝试集》的《孔丘》一首何如？直是一丘之貉！

在送别的诗里，夹杂着的格言式的句子，不知要有多少。读到这些地方，只觉得字里行间，显露着一张冷冰冰的道学家的脸，扳起面孔吓人！与读朱子的“……子孙虽愚，经书不可不读……”同一意味。康君是主张“诗是贵族的”的，但只按这些格言诗而论，则所谓贵族的范围已然很宽泛了，那么《格言丛辑》《论语》……皆可当作诗读。

“诗是主情的文学已经再三说到了。”

**我们不能承认格言是诗。**

以上略微把《草儿》里不是诗的诗举了几个例，并略加几句评论。因为剔出了这些糟糠，我们才能用评诗的眼光和方法来批评《草儿》。

棋局懒从先处著，
医方留待用时看。
——赵子昂

## 三

《草儿》里比较的最差强人意的诗要算是那几首写景诗。也可以说，写景是《草儿》的作者所最擅长，天才所独到。但是就量数讲，完美的也并不多；只有《日观峰看浴日》《江南》《晚晴》三首值得读者特别的鉴赏。此外则不足论。

《日观峰看浴日》一首，描写的工夫，可谓尽致了；

例如：

鲤鱼斑的黑云，
都染成了一片片的紫金甲了。

哦，——一个峰边底两滴流晶，红得要燃起来了。
他们都火爕爕地只管汹涌。

却都是很卖气力的句子，不是随随便便写得出来的；并且也做到诗的“图画化”的地步。但是这首诗本来是容易做得出色，因为登泰山看浴日，那本是一幅极雄丽奇诡的景致，非寻常的一山半水可比。惟以景越新奇，描写起来便容易捉着一个深刻的印象，更容易兴起高超的意境。这就如同图画家所谓“画鬼易，画人难”一样的道理。所以只就《日观峰看浴日》一首，我们或者还看不出《草儿》的写景诗的超迈。试看描写天安门前人人经验的景象的《晚晴》：

红日从西北角上射过来，
偌大一块蓝玉都给她烤透了。

红脸红手的兵，带着红帽子，很严肃地在红影子上排立着。

越是平常的景致，越要写得不平常，才能令读者看得上眼。即如天安门前的景象，是北京市民“司空见惯”的了，也是作者常常经验到的了，所以难写得好。而“晚晴”这首却是恰到好处，——以红色作了通篇的骨子，由“红日”联写到“红脸红手”、“红帽子”、“红影子”、“红墙”、“红楼”，直令读者感觉到一片红光耀眼！如看一幅敷满红色的水彩画一般。在一片红光里反隐着“蓝王”、“黄瓦”、“绿瓦”、“金烟”。就更合乎画家所讲求的色彩的节奏（Rhythm）了。写景能如此，不愧设色的妙手了！

《江南》之妙亦在设色。只看：

坡下一个绿衣绿帽的邮差，
撑着一把绿伞——
背后十来个小鹅
都张着些红嘴，

这是何等的鲜艳可喜啊！

这三首以外的写景诗，也偶尔有精警的句子，但只是些碎珠子，不能串成一贯。总而言之，《草儿》的写景诗，固然还有不少大大小小的毛病，——此当于后节详论之——不过只就写景诗里纯粹写景的部分而论，不能不算是成功。成功的写景诗又可推前举的三首为代表。《草儿》的成功，只是写景；犹之《冬夜》的音节。

人得交游是风月，
天开图画即江山。
——黄鲁直

## 四

试把《草儿》读过一遍，我们立刻觉得《草儿》作者的情感太薄弱，想象太肤浅。今分别论之，——先言情感。

《草儿》里纯粹的抒情诗，就量数讲，很少！不及全集之半。就情感的密度讲，那就更差了！情感中最真挚浓烈的当然要算是两性的恋爱。而《草儿》里绝没有这类的作品。

固然不可以因为种类上的缺乏，遂断定程度上的薄弱；不过比较的少赢得许多读者的同情，乃是确定的事实。

送别诗本难做得好。敷衍应酬的作品，不消说是不值一顾的；即是确实感到惜别的情绪，必欲一吐为快的时候，还得要经过几番心里的酝酿，艺术的推敲，才能写得有声有色。因为送别的情绪本来是浅薄一类的情感；中国式的诗人特别的喜欢作这种诗，早把调子作滥了。浅薄的情绪当然不会生出多么浓厚的诗味，但若再把戕贼情感的理性的文字和道德的议论夹杂进去，那就如同在薄酒里羼凉水一般了，还有半点诗味么？所以《送许德珩杨树浦》里的：

暴徒是破坏的娘；
进化是破坏的儿。

有征服，
无妥协，
奋斗哟！——
努力，加工，永久！

《送翟蕴玉夫人》里的：

> ——我相信要作贤什么良什么是作“人的”事底起码的事。

等等，全无半点诗味。确实是送别的话，可惜不是诗人送别的口吻！至于《别北大同学》那就更是“品斯下矣”了！通盘计算，《送客黄浦》一首，可推绝唱。意境既超，文情并茂；除了：

> 我们都谈着——
> 谈到……

几句以外，差不多全是抒情的句子，没有什么讨厌的议论。

《草儿》的写景诗的高妙，我已称赞过了，但是也受了情感薄弱的病。原来诗里的写景最忌用科学方法去客观的写景，其实诗人也绝不肯如此写。“情缘境生”，所以诗人写景，所重者非景，乃是对景之情。《野鸿诗》的称《三百篇》曰：“虽有鸟兽草木，藉以兴比，非仅描摹物象而已！”可谓中肯。诗用客观的写景，充其极也不过是一幅测量图而已，岂得为诗？然而主观写景又大非易事，必要其人先有诗人的胸襟怀抱，然后对景自然会生情，否则矫揉造作，绝作不到好处。如《晚晴》后面的一段：

这些景样样都不错。
上帝送我，
我应该怎么样作？

在作者或者是以为景情俱到，而读者能不觉得是“画蛇添足”么？

我所说的主观的写景法，乃是说把客观的景主观的写出来。一样的景，主观的写起来便人各不同，客观的写便千篇一律了。能把情景渗和，相触而莫分，便为高手。如杜工部句：

水流心不竞，云在意俱迟。

卷帘唯白水，隐几亦青山。

感时花溅泪，恨别鸟惊心。

都是景真情挚，浑然莫辨！何等的手腕！《草儿》的写法，多半是客观的，例如：

一路的白泉；
一路的石桥；
一路的红房子；
……

直是眼里看了什么口里报告什么。登在峰上看见不少的东西，便老老实实的数给你们听：

有岛；
有船；
有大船；

这是何等的确切啊！这个病固不全在情感的缺乏，——想象薄弱亦是大原因，后当再论，——而情感也要负一半责任。

作者并没有丰瞻的情感，只是题目既然叫作“纪游”，那么只得把看见的东西客观的记下来！作者是诗人，还是新闻记者？

客观的写景的诗，若按照艺术的原理讲，只好算是半成熟的作品。艺术品的成就，是和艺术品的鉴赏一样，要经过感觉和感情两个步骤。不靠感觉，艺术品固然无自而生；若是只靠感觉，不经过情感的洗礼，便是缺乏了灵魂。因为艺术品的中心是情感，不是感觉范围内的事物而已。所以缺乏情感的写景诗，是半成熟的作品。

诗人发泄的情感，是同平常人不同的，——或是特别的委婉，或是特别壮烈。《阿令配令戏院底悲剧》是写厌恶帝国主义的情绪，但是哀恸极了也不过是喊出：

上帝啊！
这是你底人生么？
是你的艺术邪？

《鸭绿江以东》是鼓吹爱国主义的，它的警句是：

朱家郭解底侠风哪里去了？

“还我蜀来！还我蜀来！”

比起拜伦的《哀希腊》何如？

沉沉希腊犹无声兮；
……
惟闻鬼语，作潮鸣兮。
鬼曰：“但令生者一人起兮
吾曹虽死，终阴相尔兮！”
呜咽兮鬼歌，
生者之喑兮奈鬼何！

相形之下，不辩自明。《斗虎五解》是恨恶军阀的。《女工之歌》是写劳动问题的。《草儿》隐寓着人道主义的意味。都是些半生不熟平庸的作品；没有多大的毛病，也决没有多少丰烈的情感。像《女神》的《凤凰涅槃》之类决不是《草儿》作者所能梦想得到的了！倒是《窗外》《石头和竹子》《再见》《疑问》《干燥》《不加了》《还要加呢》……几首短篇轻制，却还作得恰如其分，虽只是些零碎单纯织巧清淡的情感；而装在短小的篇幅里，并不嫌弱，比起无味的空无所有的长篇大诗要紧凑得多。——这正是：

高论无穷如锯屑，
小诗有味似联珠！
——苏东坡

## 五

在艺术里，属于听觉的音乐美是最纯粹超妙的。而诗与音乐又同为时间艺术，当然有很密切的关系。关于诗的音节问题，后当详论；现在单说诗里所要具体表现的音乐应当怎样的写法。我以为应该主观的把它想象化；因为靠着音符来表示声音之高下，在诗里固然是作不到，即是凭着文字的单纯的读声来表现音乐，那也是欠缺象征的意味，诗人所不屑为的。诗里无处不需要想象，而以表现声音时为尤难。关于声音的形容词，在文字本来是比较的少；所以需要想象力的必要比较的大。故此于考察一个诗人的想象之深浅，往往可以在声音的描画里看得出来。这是艺术家所公认的事实。我们现在姑且用这方法来评《草儿》。

《草儿》描画音乐美的地方很多，但是很直率，没有受半些的想象化。姑举几个最明显的例：

岂里可啰

——《再见》

叽嘎叽嘎

——《紫踯躅花之侧》

浅不克凌，浅不克凌

——同上

毗里绷垅

——《送客黄浦》

这都是把声音直写出来，可以证明《草儿》作者想象力之薄弱，艺术手腕之肤浅。白香山的句子：

嘈嘈切切错杂弹，

大珠小珠落玉盘；

间关莺语花底滑，

幽咽泉流冰下难。

——《琵琶行》

固是古人绝唱，不易比拟；而试以今人的诗句，相形之下，也就可知《草儿》想象之弱。闻一多君的《春之末章》的一段：

他们的笑声有时竟脆得
像坍碎了一座琉璃宝塔一般。

而《草儿》描写笑声的句子则是：

哈……哈……哈……哈……
哈……哈……哈……哈……
一路赤脚的女子笑起过来了。

这不是最明显的比例吗？

世界上的事物，本有许多是可以入诗，而同时就有一部分是不美的，不美的当然是非诗的。于是诗人往往把一切自然人为的事物加以剪裁的工夫，而想象就是他的武器。凭着想象，创作出美来，这是一切艺术美的原则，诗当然逃不出这个例去。中国式的山水画，写意画，之所以可贵，正是因为作者有了超绝的想象力，把实在的物质的对象分析开了，依着艺术的安排重新综合起来，成功一件超于现实——超于现象界的作品。诗也是一样的。写景的时候固然要借重想象，去刻画神情；而抒情的时候，更是非想象不为功。因想象力把不美的事物换了美的形式，固难；而用想象力去表现那渺茫不可捉摸的情感，更不易了。

俞平伯君在《草儿》序里讲："他不怕人家说他 Too Mystic。"实在《草儿》哪里作到神秘的地步？诗的神秘性是极深刻的想象力作成功的，试读玉川子诗集便可觉得。我想俞君此言，若非是误解了《草儿》便是有意说的一句反语(Irony)。

为人性僻耽佳句，
语不惊人死不休！
——杜工部

# 六

音节不是诗的内容，是诗的形式。不过一首诗，有了丰美的情感和想象，音节大概是决不会不好的；即是稍微差一点，也不算大病。可是反过来说，一首诗缺乏情感和想象，则靠着人为的音节，或者可以添几分的价值，《冬夜》即是好例。《草儿》可惜连这个掩面遮羞的技术都不十分高明！

诗的句法，因为音节的关系，当然是不能和散文一般的呆板平直。有时虚字实用，实字虚用，有时主词和受词前后倒置。这是古今中外所共许的道理。形式的美原是艺术家所应该去做的。除了新兴的“自由诗”（Free Verse）以外，即是“散文诗”也是用声调铿然的响亮的句子；“无韵诗”（Rlank Verse）更是有一定的规律的节奏。《草儿》诸作，大半是没有音节的——再正确些说，大半是有不合诗的音节的音节。我们先看它的句子的参差不齐：在同一首里，短的一行只有二三个字，紧接着长的一行竟有二三十字的。固然，诗原不必要像五言七言那样死板的范围，削趾适履诚然是没有什么美；然而像这样长的长，短的短，使读者一瞬间神经促迫，一瞬间又迟缓，纷杂无章，也决不是合于美的原则（再者，既不合于美学的“对比”“平均”的原理，令读者视觉上也生不快之感，这也是附带的影响）。死板的句子容易发生单调的音节；参差过甚则亦必失去调和。

韵脚的有无，对于一首诗之优劣，本没有大关系，有了更好，没有也不妨；但是对于诗的音节之优劣，则占一很重要的位置。因为勉强凑合韵脚，以致改变了诗意，这是不值的；但诗句自然流露的时候，有时只要稍微费一点人工力，换一两个字，或变更一两个字的地位，便成功很优美的谐韵。既无害于诗意，又何乐而不为呢？吾人读一首有韵脚的诗，便觉得比较的容易记忆，这是人人经验过的事实。所以便于记忆的原故，即是因为有韵脚的诗有完备的音节，完备的是美的，对于美的音节，感情容易注入。“草儿”诸作，有韵脚的很少，除了些个浅近的“么”“我”……以外。这不能不算《草儿》音节上的一个缺陷。

这是泛论《草儿》大体的音节，不能说没有极少数的例外：《送客黄浦》的音节是很好的，胡适君所最赏识的：

滴滴琴泉

听听他滴的是什么调子？

确实是很善用双声。这又确实是例外。

《草儿》全集音节之所以不佳的根本原因，还是因为全集的一半不是诗。例如：

五年后而我于道德上学问上事业上都没有很大的长进，我誓不回来见你们；

你们而于道德上学问上事业上都没有很大的长进，你们也不要见我！……

像这样冗长的演说句子，任凭有多高的艺术手腕，除非是改头换面脱胎变骨，若只凭字句上的更换配置，那是决不能做出多好的音节。至若前面举的小说式的诗，就更不必论了。

其实评《草儿》大可以不必评它的音节，比音节更重要的问题已然显露出《草儿》的价值，不过要做完备的评论，不能不提到这层罢了。

铁击珊瑚一两曲，

水泻玉盘千万声

——白香山

## 七

模仿的艺术品诚然是无价值，创作的精神诚然是必须的；但是立在鉴赏者的地位看，拙的独创还不及巧的模仿。俞平伯君在《草儿·序》上称许他的创造的精神，这是人人认为值得称许的，但是《草儿》的失败，也就失败在这一点。

《草儿》诸作，就全体讲来，是创作得太滥。作者自己讲，他的诗是“表个人的冲动。”我只晓得“艺术冲动”是艺术品的成就的初步。任何冲动固未必皆有害于艺术，而由任何冲动做艺术品的出发点，结果必要失之滥。我所例举的“不是诗的诗”，即是证据。

创作的精神和文学的修养是并不冲突的。因为艺术品的成就与艺术品的发表是两件事。往往有很多作者，偶有创作，尚未成熟，便遽尔发表，这是“发表欲”太盛的原故，结果便减损了作品的价格。就艺术讲，有所谓“内术品”者；就诗讲，有所谓“腹稿”者；皆是创作家所应注意的一番手续。《草儿》就是做得太随便，不用说艺术的伎俩尚未设施，即是诗的本身亦未成熟。只看它“其直如矢”“其平似底”的散文句子，可想见其振笔直书文不加点的神情。这也许是贾浪仙“一日不作诗，心源如废井”的缘故罢！然而可知道他“两句三年得，一吟双泪流”的故事么？《草儿》只要删去一半，便不失为一本诗集。或者是再经过多少番的修改，也便不失为一本诗集。现在的《草儿》是急就的，草率的，半生不熟的。

我这些话是评《草儿》的，至若具有“七步成诗”的超越的创作天才，那么，诗思充溢，字字珠玑，原也不必要什么推敲涵养的笨法子。

个中诗思来无尽，
十手传抄畏不供。
——放翁

## 八

我要进一步谈谈诗人的胸襟。

诗不必学，能做到一个诗人，自然而然会产生出诗来，所谓“咳唾珠玉皆新诗；”诗人即是不做诗，亦不失为诗人，所谓“诗到无诗方是诗”的境界。诗人之所以异于恒人者，就在他的胸襟。诗人的胸襟虽是抽象的意义，但我以为评诗只就诗的艺术上着眼，究竟是皮毛，必须追究到作者的胸襟，才是“杀人于咽喉处着刀”。清叶燮《原诗》有云：“诗之基，其人之胸襟是也。”吴雷发《说诗管蒯》有云：“……至于诗，则必洗涤俗肠，而后可以作；……盖其俗在心，未有不俗于诗。故欲治其诗，先治其心，——心最难于不俗。”我以为皆是金科玉律的话。所以于评论《草儿》之末，要附带着评一评作者的胸襟。

然则怎样才算是诗人的胸襟呢？

诗人首先不满足于物质世界，所以诗人的思想应该是超于现实的。我常说：诗的境界即是仙人境界；求仙要有仙骨，做诗也要有诗骨。严格讲来，诗人生活乃是想象的精神生活。诗人纵然是除了自杀以外无法可以自由脱离这个人间世，然而他写的诗确实是他的理想生活的写照。所以诗是唯一慰藉诗人情感的工具，又是带着向上性的东西。故此诗中所容受的材料，当然是以越少物质的现实的事物越好。其实这是当然的结果，不必强求，亦不能强求；诗人厌恶现实的物质的世界到了极点，才找到诗国来做世外桃源，供他精神上的活动，当然不致再恋恋于人间世的物质的色相。但是以非诗人的资格来作诗，没有到“金丹换骨时”，对于物质仍是恋恋不忘，那就难免做出非驴非马俗陋不堪的产物。例如：

> 有这么多的寺院竟没有设学校。
> 有这么大的瀑布竟没有安发电机。
> 有这么富的矿产竟没有人开采。
> 有这么远这么高的重岚叠翠竟没有培植过森林。

这是《草儿》作者游到庐山所发的感想。“设学校”、“安发电机”、“开矿”、“培植森林”……这都是些教育家实业家政府官吏的事，非诗人所宜过问；即退一步说，这些俗事也绝不宜侵占诗的疆土。我们读到这些句子，不能不联想到作者的胸襟了。想来作者是受了科学毒，处处讲求实用，处处讲求经济，以致于对着明山媚水重岚叠翠，——这原是最适于诗人的环境——不去尽量享受自然的美，而一意的抱着功利主义想去征服自然！又例如：

假使电车路修到上天竺，
真就使这些山俗了么？
假使湖里行驶小汽船，
真就使这些水没有古铜色了么？

这是《草儿》作者游西湖时的疑问。其实这何须问！“电车路”、“小汽船”是何等事物，也配劳诗人挂念？在现今物质主义横行的时代，一般人耽于现实的便利，浑浑噩噩的闭在物质世界里过活，那倒也难免要生出这种疑问。但以诗人而有这样的口吻，则其胸襟之俗鄙可知。

李时雍《诗境总论》有云：“人情物态不可言者最多；必尽言之，则俚矣！”《草儿》作者即病在无所不言，无所不言则必不能免俗，于是

如厕是早起后第一件大事

也就算是一句诗了。李东阳《麓堂诗话》说：“质而不俚，是诗家难事。”《草儿》则近于俚矣！

诗人对于人间世，即具有极强烈的厌恶，所以每借想象

力创造出缥缈空灵的诗境，作为精神的安息。像韩昌黎的《忽忽》所说：

忽忽乎！余未知生之为乐也！
愿脱去而无因。
安得长翮大翼如云生我身；
乘风振奋出六合，——绝浮尘；
死生哀乐两相弃，
是非得失付闲人！

才是诗人昂首天外的神情，何等潇洒的心胸。但诗人既终难脱离物质的世界——因为他自己已然不幸披戴上了皮肉的枷锁——，而他的天性绝不为物质所屈的。老杜的“我生性放诞，雅欲逃自然”；白香山的“只拟江湖上，吟哦过一生”；苏东坡的“赋诗殊有味，涉世非所工”；皆足以代表诗人对现实的世界的态度。所以诗人大半是情愿过那僻静的山林隐士的生活，以避尘世的烦嚣。至若陶渊明所谓的“结庐在人境，而无车马喧”，更足以证明诗人心境的高尚不移。不过《草儿》作者，遨游西湖泰山庐山……，足迹不为不广，而终是忘不了物质主义的臭味，未能免俗，则不能不归之于心俗。黄山谷谓俗不可医；信然！

诗人的胸襟不难于领悟，并没有什么玄而又玄的道理，所难在永久的保持不渝。元遗山所说：“诗人玉为骨，往往堕尘滓”，可见诗人胸襟不变之难。即如《草儿》作者，吾已讥其俗矣，而他在《吊福田》里何尝没迸出一句：

唉！这么一个物质的世界！

言外也似乎是有超脱的神气，但是不彻底，吊完了死的朋友，仍旧是要和物质世界亲嘴去了！看到庐山瀑布，仍然是不能忘情于发电机；游到上天竺仍然是眷念着电车路！“唉！这么一个物质的世界！”

《草儿》作者曾在“序”里声明：他不是诗人。我现在奉劝康君，以后不作诗则已，要作诗——要作好诗必先要努力做个诗人。否则，任凭你的艺术手腕再高些，写出诗来是俗的。诗是诗人发表情思的地方；旁人借用不得，要借用也做不到好处。要学作诗先要学做诗人；这就如同《草儿》作者所说的“要得生儿，除非自己做娘去”一样的道理。

请诵放翁一绝，以终此篇：

六十余年妄学诗，
工夫深处独心知——
夜来一笑寒灯下，
始知金丹换骨时。

再诵放翁句，以充此意：

诗为六艺一，
岂用资狡狯？
汝果欲学诗。
工夫在诗外。

十一年八月三十一日，草于是庐

# 附录二

# 苦雨凄风

## 一

那是初秋的一天。一阵秋雨淅淅沥沥的落了下来，发出深山里落叶似的沙沙的声音；又夹着几阵清凉的秋风，把雨丝吹得斜射在百叶窗上。弟弟正在廊上吹胰子泡，偶尔的锐声的喊着。屋里非常的黑暗，像是到了黄昏；我独自卧在大椅上，无聊的燃起一支香烟。这时候我的情思活跃起来，像是一只大鹏，飞腾于八极之表；我的悲哀也骤然狂炽，似乎有一缕一缕的愁丝将要把我像蛹一般的层层缚起。啊！我的心灵也是被凄风苦雨袭着！

在这愁困的围雰里，我忽的觉得飘飘摇摇，好像是已然浮游在无边的大海里了，一轮明月照着万顷晶波……一阵海风过处，又听得似乎是从故乡吹过来的母亲的呼唤和爱人的啜泣。我不禁悲从中来，泪如雨下；却是帘栊里透进一阵凉风，把我从迷惘中间吹醒。原来我还是在椅上呆坐，一根香烟已燃得只剩三分长了。外面的秋雨兀自落个不住。我深深的呼吸了一口气。

母亲慢慢的走了进来，眼睛有些红了，却还直直的凝视着我的面上。我看看她默然无语。她也默默的坐在我对面，隔了一会，缓声的说：

“行李都预备好了么？……”

她这句话当然不是她心里要说的，因为我的行装完全是母亲预备的，我知道她心里悲苦，故意的这样不动声色的谈话，然而从她的声音里，我已然听到一种哑涩的呜咽的声音。我力自镇定，指着地上的两只皮箱说：

“都好了，这只皮箱很结实，到了美国也不至于损坏的。……”

母亲点点头，转过去望着窗外，这时候雨势稍杀，院里积水泛起无数的水泡，弟弟在那里用竹竿戏水，大声的欢笑。俄顷间雨又潇潇的落大了。

壁上的时钟敲了四下，我一声不响的起来披上了雨衣，穿上套鞋，……。母亲说：“雨还在落着，你要出去么?”

我从大衣袋掏出陈小姐给我饯行的柬帖，递给她看，她看了只轻轻的点点头，说：“好，去罢。”我才掀开门帘，只听见母亲似乎叹了一声。

我走到廊上，弟弟扯着我说：“怎么，绿哥？你现在就走了么？这样的雨天，母亲大概不准我去看你坐火车了！……”我抚弄他的头发，告诉他：“我明天才走呢。你一定可以去送我的。今天有人给我饯行。”

我走出家门，粗重的雨点打到我的身上。

## 二

公园里异常的寂静，似是特留给我们话别。池里的荷叶被雨洗得格外碧绿，清风过处，便俯仰倾欹，做出各种姿态。我们两个伏在水榭的栏上赏玩灰色的天空反映着远处的青丽的古柏，红墙黄瓦的宫殿，做成一幅哀艳沉郁的图画。我们只默默的望着这寂静的自然，不交一语。其实彼此都是满腔热情，常思晤时一吐为快，怎会没有话说呢？啊！这是情人们的通病罢，——今朝的情绪，留作明日的相思！

一阵风香，她的柔发拂在我的脸上，我周身的血管觉得紧涨起来。想到明天此刻，当在愈离愈远，从此天各一方，不禁又战栗起来。不知是几许悲哀的情绪混合起来纠缠在我心头！唉，自古伤别离，离愁果是“剪不断理还乱”的了。

我鼓起微弱的勇气，想屏绝那些愁思，无聊的向她问着：

“你今天给我饯别，可曾请了陪客吗？”

她凝视了我一顷，似乎是在这一顷她才把她已经出神的情思收转回来应答我的问语。她微微的呼吸了一下，颤声的说：

“哦，请陪客了。陪客还是先我们而来的呢。”她微微的向我一笑，“你看啊，这苦雨凄风不是绝妙的陪客吗？”

我也微微报她一笑，只觉一缕凄凉的神情弥漫在我心上。

雨住了。园里的景象异常的清新，玳瑁的树枝缀着翡翠的水叶，荷池的水像油似的静止，雪氅黄喙的鸭儿成群的叫着。我们缓步走出水榭，一阵土湿的香气扑着鼻观；沿着池边的曲折的小径，走上两旁植柏的甬道。园里还是冷清清

去遮着，说："明天早晨你就看见了。今天陈小姐怎样的饯行来的？……"我笑着出来到母亲房里，小弟弟睡了，母亲在吸水烟。

"你睡去吧！明天清早还要起身呢……"

我步到我的卧房，只觉一片凄惨。在灯下把那红简启视，上面写着：

绿哥：我早就知道，在我和你末次——决不是末次，——是你远行前的末次，话别的时候，彼此一定只觉得悲哀抑郁而不能道出只字。所以我写下这封信，准备在临行的时候交给你。这信里的话是应该当面向你说的，但是，绿哥，请你恕我，我的微弱的心禁不起强烈的悲哀的压迫，我只好倩纸笔代喉舌了。

绿哥！两月前我就在想象着今天的情景，不料这一天居然临到！同学们都在讥笑我说，我这几天消瘦了；我的母亲又说我是病了，天天强我吃药。你该知道我吃药是没用的，绿哥，你去了，我只有一件事要求你，就是你要常常的给我寄些信来，这是医我心灵的无上的圣药了。

看到这里，窗外滴滴答答的响个不住，萧萧的风又像是唏嘘着。我冥想了一刻，又澄心的看下去：

绿哥，我尝读古人句："……人当少年嫁，我当少年别，……"总觉得凄酸不堪，原来正是为我自身写照！只要你时常的记念着我，我便也无异于随你远渡重洋了。

"哥罗拉多泉"是美国名胜的地方，一定可以增进你的健康，同时更可以启发你的诗思。绿哥，你千万不要"清福独享"，务必要时常寄我些新诗，好叫一些"不相识的湖山，频来入梦"。我决计在这里的美术院再学几年，等你的诗集付印的时候可以给你的诗集画一些图案。绿哥，你的诗集一定需要图案的，你不看现在行的一些集子吗，白纸黑字，平淡无味，真是罪过！诗和画原是该结合的呀！

你去到外国，不要忘了可爱的中华！我前天送你的手制的国旗愿长久的悬在室内，檀香炉也可以在秋雨之夜焚着。你不要只是眷念着我，须要崇仰着可爱的中华，可爱的中华的文化！

绿哥！别了！我不能再写下去了，因为我的话是无穷止的，只好这样的勉强停住。秋风多厉，珍重玉体！

妹陈淑敬上临别前一日

我往复的看了数遍，如醉如痴的靠在卧椅上，望着这浅红的信简出神。我想今夜是不能睡的了，大概要亲尝“枕前泪共阶前雨，隔个窗儿滴到明”的滋味了。忽的听见母亲推开窗子，咳嗽了一声，大声的说：

“绿儿！你还没睡么？该休息了，明天清早还要去赶火车呢。”

我高声答道：“我就去睡了。”我捻灭了灯，空床反侧，彻夜无眠。一阵阵的风声，雨声，在昏夜里猖狂咆哮。

## 四

看看东方的天有些发白，便在床上坐起来，纱窗筛进一缕晨风，微有寒意。天上的薄云还平匀的铺着。窗外有几只蟋蟀唧唧的叫着。我静坐了片刻，等到天大亮了，起来推开屋门。忽然出我意料之外，门上有一张短简，用图钉钉着；我立刻取了下来，只见上面很整齐的写着：

绿哥：请你在发现这张短简的时候把惊奇的心情立刻平静下去；因为我怕受惊奇的刺激，所以特地来把这张短简钉在你的门上。你明天不是要走了么？我决定不去送你；并且决定在今夜不睡，以便等你明晨离家的时候，我还可以安然的睡着。请你不要叫醒我，绿哥，请你不要叫醒我。我怕看母亲的红了的眼睛，我怕看你临行和家人握手的样子，绿哥，你走后，我将日夜的祷告，祝你旅途平安，只要你答应我一件事，明天早晨不要叫醒我！再会罢！

紫妹敬上苦雨凄风之夜

我读了异常的感动，便要把这张信纸夹在案头的书里。偶然翻过纸的背面，原来还有两行小字：

“你放心的去好了，你走后我必代表你天天的找陈淑同玩，想来她在你去后也必愿和我玩的。”

我不禁笑了出来。时光还很早，母亲不曾起来，我便撕下一张日历，在背面写着：

紫妹：我一定不把你从梦中唤醒，来和我作别。我也想大家在梦中也作别，免得许多烦恼，但这是办不到的。临别没有多少话说，只祝你快乐！你若能常陪陈淑玩，我也是很感谢你的。再谈罢。

绿哥

我写好了便用原来的图钉钉在紫妹卧房的门上，悄悄的退回房里。移时，母亲起来，连忙给我预备点心吃。她重复的嘱咐我的话，只是要我到了外国常常给家里寄信。

行李搬到车上了。母亲的泪珠滚滚的流了出来，我只转过头去伸出手来和她紧紧的一握着说声“母亲，我走了……”

“你的妹妹弟弟还在睡着，等我去叫醒他们和你一别罢！……”

我连忙止住她说：“不用叫他们了，让他们安睡罢！”我便神志惘然的走出了家门。凉风吹着衣裳，……

我走出巷口折行的时候，还看见母亲立在门口翘首的望我。

（十二年八月，原载《创造周报》）

**图书在版编目（CIP）数据**

秋室杂忆/梁实秋著．—北京：中国工人出版社，2011.6
ISBN 978-7-5008-4729-8

Ⅰ.①秋…　Ⅱ.梁…　Ⅲ.①散文—作品集—中国—现代　Ⅳ.①I266
中国版本图书馆 CIP 数据核字（2010）第 123345 号

秋室杂忆

出 版 人　李庆堂
责任编辑　陈大钢　傅　娉
责任校对　赵贵芬
责任印制　杨向辉
出版发行　中国工人出版社（北京市东城区鼓楼外大街 45 号
　　　　　邮编：100120）
网　　址　http：//www.wp-china.com
电　　话　010—62350006（总编室）　010—62379038（社科文艺分社）
　　　　　010—62005038（传真）
发行热线　010—62383056　62005042（传真）
读者服务　010—62389465
经　　销　新华书店
印　　刷　北京佳信达欣艺术印刷有限公司
开　　本　787 毫米×1092 毫米　1/32
印　　张　7.25
字　　数　100 千字
版　　次　2012 年 1 月第 1 版　2012 年 7 月第 2 次印刷
定　　价　32.00 元